ディスカヴァー文庫

君のことを想う私の、
わたしを愛するきみ。

佐木隆臣

JN152848

Discover

君のことを想う私の、
わたしを愛するきみ。

人が愛するのは、肉体なのか。それとも魂、心、精神なのか。

瞼《まぶた》を開けたときに見つめてくる男の顔を見て、彩乃《あやの》は二つの感覚に襲われた。

一つは、この人って誰？　という疑問からくる警戒心。もう一つは、嬉しそうに自分を見つめる彼への安心感。相反する感情に疑問が湧く。

「キリエ」

誰かの名を呟《つぶや》く彼は、確かにこちらの目を真っ直ぐに見つめていた。――でも私は彩乃で、キリエじゃないんだけど。

そう言い返したかったのに、なぜか涙があふれてきた。彼を見て胸の奥底から途方もない愛しさが募る。

「キリエ」

何度も何度も呼びかける声へ、それは違うと言いたかった。それは私の名前じゃないと叫びたかった。でもうまく声が出ない。体が鉛《なまり》のように重い。

「キリエ、良かった」

彼はこちらの右手を両手で包むと、頬に当てたり唇を添えたりと忙しい。

やめてと言いたかった。——私にそんなことをしていいのは祐司《ゆうじ》だけよ。

それなのに口をうまく動かせない。再び胸の奥から目の前の男を想う気持ちがこみ上げて、切なさと愛しさで言葉を詰まらせてしまう。

「キリエ」

他人の名前を彼は繰り返し呼び続ける。——まるで私へ言い聞かせるかのように。私は〝キリエ〟なのだと諭すかのように。

私をこの世界へ留めるかのように。

1

「気分はどうだね、霧恵《きりえ》くん」

窓を打つ小雨の音をぼんやりと聞いていた彩乃は、声がした方向に憂鬱《ゆううつ》な表情で視線を向けた。白衣を着た初老の、背はそれほど高くないけれど姿勢はいい男性が、にこやかな笑みを浮かべて彩乃を見つめていた。

この施設の研究所長だと名乗った男は、執拗《しつよう》なまでに彩乃に霧恵と呼びかける。最初の頃は言われるたびに訂正していたが、最近では面倒くさくなって否定はしていない。

「相変わらず最悪だわ」

何度彩乃に悪態をつかれても、食えない男は軽やかに笑って聞き流す。人の思惑など意に介さない厚かましさは、マッドサイエンティストにとって必須なのだろう。自分なら、こんな年下の小娘に邪険にされ続けたら腹立たしい。

「そろそろ授乳の時間だ。赤ん坊も母親恋しさに泣いていたよ」

嘘つけ。そう吐き捨ててやりたかった。しかしその衝動をこらえたのは、看護師に差し出された生後三ヶ月の赤ん坊が、自分を見てにっこりと笑ったからだ。無邪気。そう表現するのがぴったりな無垢《むく》な笑顔を拒むことは、人間にとって難しいことかもしれない。特に自分のような、生後二ヶ月の赤ん坊と死に別れた母親にとっては。

そこで彩乃の顔に自虐ともいえる笑みが浮かぶ。その表情に気づいたのか、赤子を差し出す看護師が訝《いぶか》しむように眉をひそめた。男のほうが問いかける。

「どうしたんだね」

「別に」

——死に別れたといっても、死んだのは今を生きている私のほうだなんて、サスペンスドラマに出てきそうな設定だと思ったのよ。

そう言ってやりたかったが、どうせこの男は笑って聞き流すに違いないから、何も言わなかった。

彩乃は赤ん坊を受け取って彼らに背を向けると、病衣の前身ごろを開《はだ》けて乳を含ませた。勢いよく乳首にむしゃぶりつく赤子を見ていると、つくづく不思議に思う。どんなに時代が変わり科学が発達しようとも、人が生きるための営みは変わらないのだと。一心不乱に赤い突起へ吸い付く感触は、昔も今も変わらなかった。

赤子の小さな赤い唇から、白い液体が泡立って零《こぼ》れ出る。今は自分が死んでから百年近くも経過した未来で、どれほど人工哺乳が発達しようとも、母親による授乳は守られていた。

この時代に生き返ってからまだ四日しか経っていないが、彩乃はこの時代の事情を大雑把に把握していた。細かいことまではわからないものの、霧恵の脳からある程度は情報を引き出すことが可能なのだ。この脳は保有する情報量が膨大で、こちらが望む答えを可能な限り提供してくれる。頭がよい女性なのだろう。

彩乃は赤子に乳を飲ませながら、視線を窓へ向けてぼんやりと考える。自分よりもはるかに優秀なこの肉体が、己のひ孫だと言われても、なんの実感もなかった。

§

彩乃によりマッドサイエンティストと命名された初老の男は、初めて会ったときにこう尋ねてきた。

『私が知りたいのは、君が小笠原《おがさわら》くん――霧恵くんの脳を使えるかどうかなんだが、いかがかね？　この時代のことがわかるかい？』

質問の意味がわからなかった。――キリエって誰よ。それに脳って、時代って。そう訊《き》き返そうとした口は突如として固まった。自然と頭から情報が流れ出してきたから。

今は西暦二一一四年で、自分が生きていた二〇一七年のはるか未来であること。この時代には肉体が健康なまま、精神が死んでしまう奇病が流行していること。この病《やまい》から助かる唯一の方法は、他人の魂を移植すること――

等《など》のあるはずのない知識が瀑布《ばくふ》となって彩乃を飲み込んできた。海溝並みに深い情報の海は、平凡な記憶処理能力しか持たない彩乃を溺れさせてしまう。ハンマーで殴られたような――実際に殴られたことはないけれど――激痛が頭部を襲って、呻《うめ》きながらシーツに顔を埋《うず》めて頭をかきむしった。

これ以上、何かを考えるのはまずい。必死に思考を停止しようとするうちに、砂浜へ寄せる波のように知識は途切れなかったものの、死にそうなほどの頭痛は治まってきた。

彩乃の苦しむ姿を見て白衣の男は溜め息を吐《つ》いた。

『どうやらうまく脳を使えないようだね。君が霧恵くんの人生を受け止めるには時間がかかるだろう。しばらく休んでいたまえ』

そう言い置いて踵《きびす》を返す男へ、罵声の一つでも投げ付けておけばよかったと後になって切実に思う。あのときは何がなんだかわからなくて、呻きながら見送るだけだった。

それ以来、彩乃はこの真っ白で無機質な病室に閉じ込められている。定期的に霧恵の赤子へ授乳をして、一日一回の検査を受ける以外は、脳から記憶を取り出してこの時代のことを学ぶ毎日だ。

ただ、一度に取り出す情報が多すぎると、己の意識はブラックアウトしてしまう。だからゆっくりと味わうように、知識を噛み締めては飲み込んで吸収する。細かいことはまだまだわからないけれど、「ここはどこ？　私は誰？」のような疑問は抱かない。

あまり勉強好きではない彩乃にとってこの時間は苦痛であったが、しばらくすると学ぶ喜びを感じてくるから不思議だ。マッドサイエンティスト曰く、この研究所の研究員であった霧恵の脳が、彩乃の意識に影響を与えているらしい。

「脳ミソの出来が違うのね、羨《うらや》ましいことだわ」と若干の僻《ひが》みを抱きながら、彩乃は記憶の引き出しを開く作業を続けていく。

そんな中、霧恵の娘である梢《こずえ》に癒しを求めるようになった。

生前の彩乃は生後二ヶ月となる女児の母親だ。霧恵の子は生後三ヶ月。娘と月齢がそう変わらず性別も同じとあっては、孤独を抱える心が同一視してもおかしくない。我が子を、たった二ヶ月しか可愛がることができなかった悲しみの反動か、梢を心から慈《いつく》しんだ。ベビーマッサージなどのスキンシップの時間が自然と増えていく。赤子と戯れる間は己の境遇を忘れることができた。

しかしもうすぐ、この緩やかな時間も終わる。すべての検査を終えたら、この施設を出て帰宅すると彩乃は聞いている。

霧恵の伴侶《はんりょ》のもとへ。

この体の帰還を待ち望む、梢の父親が待つ家へ。

それを考えるたびに、自分の体内に興奮とも戦慄ともとれる感覚が生じる。それは霧恵の喜びであり、彩乃の恐れだった。

§

退院当日、彩乃は赤ん坊の梢を腕に抱いて、病室の椅子に所在なく腰をおろしていた。一週間も入院していると、そこそこの量の荷物が部屋に溜まっている。そのすべてをボストンバッグや紙袋へ黙々と収めていく男の広い背中を、彩乃は眺めた。

霧恵の夫は、小笠原秀《しゅう》というらしい。未来へ魂を奪われた彩乃が霧恵として目覚めたとき、彼は泣き出す寸前といった表情で嬉しそうに彩乃――彼からすると霧恵――を見つめていた。しかし今はどうだ。そんなことなど知りません、とでも言いたげな無表情で荷造りをしている。

妻の人格はもう消えてしまったと理解した彼は、それ以降、彩乃が寝ているときにしか病室内へ入ってこないそうだ。そのため秀と顔を合わせるのは一週間ぶりになる。彼はもともとお喋《しゃべ》りな性質《たち》ではないのだろう。無駄口をきかずに手を動かすタイプというやつだ。

でも霧恵さんには笑顔だって見せたはずよね。彩乃は脳内の記憶を探り、彼女と秀の思い出を見ようと試してみる。だが軽い頭痛に襲われて検索はできなかった。霧恵の古い記憶は取り出せるのに、比較的新しい――秀と出会った頃から霧恵が亡くなるまでの――記憶を見ようとすると、原因不明の頭痛に邪魔されるのだ。それでもぼんやりと思い出せる記憶はあり、浮かび上がってきた過去の秀は笑みを浮かべていた。霧恵を優しい眼差《まなざ》しで見つめる穏やかな表情。

――なんだ、笑えるじゃない。

そう思った瞬間、下腹がじくりと疼《うず》いた。同時に胸の奥で燻《いぶ》されるかのような鈍い熱を感じる。馴染みのある感覚に、頬が薄紅をまとうのがわかる。羞恥から顔を伏せた。

秀について考えると複雑な心境になる。よく知らない男の妻になることへ恐ろしさを抱くのに、なぜか劣情をも感じるのだ。抱き締めたいと、自分の気持ちとは反した思考が沸き上がるときさえある。はあ、と官能を帯びる吐息を小さく漏らして気を紛らわせた。

生前の彩乃には、結婚してまだ二年にも満たない夫がいた。いきなり違う男と夫婦になれと言われても、気持ちはまったく動かない。モヤモヤとした、排気ガスのような気持ち悪い負の感情を持て余していたとき、秀が振り返ってバッチリ視線が合ってしまった。彩乃はやや狼狽《うろた》えてしまう。

「荷物を車に置いてくる」

「あ、ああ、うん。……お願いします」

会話を交わしたのはこれが初めてではないだろうか、と彩乃は思う。それよりも整った顔立ちに見つめられて、お尻にむず痒《がゆ》さを感じた。居たたまれない。

ふと、梢を抱いたまま備え付けの鏡を覗き込んでみた。この一週間でようやく見慣れてきた美しい顔が自分を見つめてくる。

己の顔が可愛いなどと自惚《うぬぼ》れることはなかったが、霧恵の容姿は文句なく愛らしいと素直に認められた。さすがあの顔の彼が伴侶に選んだだけのことはある。パッチリとした大きめの瞳にバランスがとれた鼻梁《びりょう》。キメ細かい肌。小さな赤い唇。霧恵はちょうど三十歳と聞いているが、二十八歳の彩乃から見ても若く見えた。たいへん羨ましい。

――この美人というか可愛い女性が自分のひ孫だなんて、ちょっと信じられない。しかも頭脳だって優秀だし。

才色兼備とはこういう女性のことをいうのだろう。自分から三世代後の子孫だけれど、誰の血筋が入ってこのような人間ができあがったのか。自分の面影はまったく見いだせない。

彩乃はそのことにやや落胆する。もしほんのわずかでも己を思い出す因子を見つけられたら、この境遇を受け入れる気持ちも芽生えたのではないかと思うのに。

大きな溜め息を吐いたそのとき。

「――霧恵!」

突然、背後から大声をかけられて飛び上がった。反射的に腕の中にある赤子を強く抱き締めてしまい、ぷぎゃあと抗議の声が上がる。

「あ、ごめんね、泣かないで。よしよし」

母親特有のリズムで体を揺らして赤子をあやせば、小さな子どもはすぐに眠りの世界へ戻ってくれた。

助かった。安堵《あんど》の息を吐いて入り口へ視線を向けると、秀はなぜだか呆然としている。

「……どうかしましたか」

静寂を基本とする病院で叫ぶなど。しかも彼は自分を霧恵と呼んだ。もちろん今の自分は霧恵の姿に間違いはないのだが、彼の切迫した声音に訝しむ。

しばらく呆然と彩乃を凝視していた秀だったが、やがて視線を落として俯《うつむ》くと口を開いた。

「霧恵と同じことをするから……思わず声を出した。すまない」

「私、何かしていましたか？」

彩乃が不思議そうに首を傾《かし》げると、秀は眉をひそめた。彼曰く、髪をいじる様子が霧恵の癖とまったく同じだったらしい。彼女にはサイドの髪を親指と人差し指でつまみ、細い髪の束を指の腹でこする癖があったという。

それだけを告げた秀は、すぐに元通りの素っ気ない態度と無表情を見せる。

「そろそろ行くぞ」

返事も聞かずにくるりと方向転換して歩き出したため、彩乃は慌てて彼の背を追う。

冷たい男だなあと不満を抱いていると、不意に霧恵の記憶が脳裏に浮かんできた。それは彼の優しさに彼女が喜んでいる一場面だった。彩乃の心にまでほっこりとした温かな感情が湧き上がってくる。

――彼は優しい人だ。たぶん今の私へどう接したらいいかわからないのだと思う。

この状況を受け入れられないのは自分だけではないのだ。彩乃は肩幅の広い大きな背中の後を追いながらも、これからの生活に多大な不安を抱いていた。

§

二十一世紀の後半、ゼロ歳から三歳の乳児に原因不明の病が大流行した。肉体はすこぶる健康で問題はないのに、精神のみが死んで魂が消滅する恐ろしい奇病。発見者の名をとって〝ルドング病〟と呼ばれることになる。

三歳未満の罹患《りかん》率は九割を超え、そして致死率も九割以上。この奇病は、治療薬も予防薬もいまだに開発されていない。罹患した乳幼児は植物状態になって数日後、死に至る。奇跡的に助かる子どももいるが、なぜ病を克服したかは究明されていなかった。

ただ不思議なことに、三歳を過ぎると罹患率は急激に減少する。そのため一時期は世界中で子どもの人口が大幅に減少し、各国の政府は莫大な予算を投入してルドング病を研究した。その結果、医学ではなく科学による治療法が取り入れられることになる。過去から連れてきた、死亡した直後の他人の魂を移植するという奇想天外な方法を。

……といった話を語る秀の声を聞き流しつつ、助手席に座る彩乃はフロントガラスの向こう側を眺めていた。

緑の多い街だった。霧恵の記憶によるとここは長野県安曇野《あずみの》市で、ルドング病を研究する安曇野研究所に勤めていた彼女が、地元ワイナリーに勤める秀と結婚してこの地に住み始めたらしい。山を切り開いたここは整然とした住宅街で、高層の建物は存在しない。マンションらしき建築物もせいぜい四階までだ。

いたるところにある樹木や植え込みが新緑の香りを放っており、小さな公園のような憩いの場も点在している。青々とした芝生の鮮やかさが目に眩《まぶ》しい。窓を開けると湿り気を帯びた五月の風が、彩乃の顔を柔らかく撫でた。

この時代には四季が消滅していると聞く。三月の終わり頃から気温が上昇していくと、七月末まで雨期となり、断続的に霧雨が天を支配する。しかし今日は五月晴《さつき》れの快晴だった。

彩乃は澄んだ青空を見つめながら落ち着かない気分を味わう。東京に住んでいた自分にとって、一度も訪れたことがない土地は心許《こころもと》なかった。緑が多いと、逆にソワソワしてしまう。

はあ。小さく息を吐いた気配を隣の男は敏感に察知したのか、「聞いているのか」と険しい口調で言葉を放ってきた。

彩乃は意識を現実に戻した。実はほとんど聞いていなかったが、ルドング病について話していたことはなんとなく覚えている。

「……聞いていましたよ、ルドング病についてですよね。マッドサイエンティストから説明は受けています」

「マッドサイエンティスト？」

「研究所のお偉いさんのことです。霧恵さんの上司と言っていました」

「ああ、大川《おおかわ》所長か」

「はい。でも奇病のことは教えてもらわなくっても大体わかります」

次の瞬間、急ブレーキがかけられてつんのめりそうになった。シートベルトをしているから問題はなかったが、車が路肩に止まると彩乃は慌てて後部座席を振り返る。運転席の真後ろに乳児用チャイルドシートがセットされているのだ。今のブレーキの反動で赤ん坊に負荷がかからないかと案じたのだが、フラットタイプのチャイルドシートの中で、赤子は気持ち良さそうに眠っている。

この時代のチャイルドシートは、彩乃が生きていた二十一世紀初頭の商品とはかなり違う。車の座席が赤子用ベッドに替わっているのだ。ディーラーで座席を取り外し、専用ベッドに取り替えることが義務づけられているらしい。

車の中を初めて見た彩乃は驚き、頭痛を我慢しながら、霧恵が読んでいたチャイルドシート取扱説明書を頭の中から引っ張り出したものだ。

赤子にはまったく影響がないようだと安堵の吐息を零した彩乃は、ふと自分を凝視してくる双眸《そうぼう》を認めてたじろいだ。彼は怖いぐらいに真剣な眼差しで彩乃を見つめてくる。

「あの、なにか……」

「君は霧恵の記憶をすべて持っているのか」

「え。あ、はい……あ、いいえ」

「どっちなんだ」

「持っているはずだけど、頭痛に邪魔されて思い出せないんです。それよりも私についての説明は聞かなかったんですか」

霧恵の魂は病で死んでしまったことや、彩乃の魂が彼女の肉体を支配していることを。

まさか本当に何も聞いていないのかしら。不安そうに秀を見つめていると、彼はしばらくしてから姿勢を元に戻し、タッチパネルを操作して車を発進させた。

今の時代の車はすべて自走車――人工知能によるオートドライビングシステム――で、コンピューターが最も安全で効率の良い速度とルートを選択し、目的地まで走行してくれる。だからお互いに顔を見ながら話すことも可能なのだが、これ以後の秀は口を閉ざして何も喋ろうとしない。その態度で、彩乃の胸中に汚水のような濁りが溜まっていく。

妻の人格が蘇ったのかと期待したのだろうか。彩乃も前を向いたまま口を閉ざした。

緑の多い住宅街を抜けて、五分ほどで到着した家を見た瞬間、彩乃は小さな歓声を上げてしまった。ログハウス風の二階建て一軒家。木材をふんだんに使用した建築物は三角屋根が特徴的で、ここに来るまでの道のりではお目にかかれなかったデザインだ。

赤子を抱き、秀に続いて玄関へ向かうと再び驚く。彼が手のひらをドアにかざし、カメラを見つめるだけで鍵が開いたのだ。おお、と感嘆の声を零せば彼が振り向き、彩乃の表情に思考を察したのか教えてくれた。家の鍵は掌紋《しょうもん》と虹彩の確認によるバイオメトリクス認証だと。

――さすが百年後の未来、こういうところは進んでいるなぁ。

感心しながら中に入れば、今度は悲鳴を上げそうなほど驚く破目になった。

「お帰りなサいませ、旦那サま、奥サま、梢ちゃま。レナは心配シておりまシた」

玄関先で待ち構えていたのは、エプロンをつけた巨大な熊のぬいぐるみだった。体長は百四十センチ程度はあるだろうか。テディベアにそっくりな愛らしい容姿のふわふわとした物体が、ペコンッと頭を下げたのだ。喋るだけでは飽き足らず、動いている。

「ただいま、レナ」

秀は平然とした表情で熊の頭を軽く撫でた。一方の彩乃は驚愕《きょうがく》のあまり赤子を抱く腕の力が抜けそうになる。いくら可愛いぬいぐるみでも、これほど巨大なものが動き、そのうえ話しかけてくれば驚くに決まっている。

目を見開いて硬直する彩乃を見た秀が、ああ、と呟いて巨大テディベアへ顎《あご》をしゃくる。

「そいつは家庭ロボットのレナだ」

「はあ……」

そういえば研究所にいたときも、丸っこい卵形のロボットが看護師の後をついて回っていた。しかしあれはひと目見ただけで〝ロボット〟とわかるような外見だったため、二〇一七年から来た彩乃にも違和感はなかった。

対してレナは、ぬいぐるみそのものだった。しかも足の裏にローラーでもついているのか、二本の脚を揃えて直立のまま水平移動している。

「奥サま、梢ちゃまをお預かりシます」

「お、お願いします」

梢ちゃまという呼び方は誰がプログラムしたのだろう。やや混乱する彩乃へ巨大テディベアの両腕が差し出された。機械へ赤ん坊を任せて大丈夫なのかと不安に思ったが、こちらを見ている秀は何も言わなかったため、おっかなびっくり腕の中で眠る赤子を渡した。

その際、もふもふの毛に包まれた太い腕に触れると、意外にも柔らかかった。いったいどのような作りになっているのだろう。霧恵の記憶を探れば詳しいことがわかるだろうが、今はあまり知りたくなかった。ここに来るまでずっとベッドで寝ていたせいか、なんとなく体が疲れているのだ。頭痛を伴う作業は避けたい。

秀の後について玄関から奥へと続く扉をくぐった。

そこはリビング、ダイニング、キッチンがひと続きになっており、二階まで吹き抜けとなっている広大な空間だった。とても開放感がある。東京の狭い賃貸マンションで暮らしていた彩乃にとって、この広さは贅沢以外のなにものでもない。キョロキョロともの珍しそうに見回しつつ、大きなソファに腰を下ろした。

「奥サま、お茶はミルクティーでよろシいでスか」

「お願いします……」

テディベアが紅茶を淹《い》れようとしている。だが彼女の両腕には梢がいるのだ。いったいどうするのだろうか。

興味深く見つめていると、赤子をガッチリと抱いた太いフワフワの腕が伸びて、自らの頭をぐらせ梢の体を背中側へ回して背後で抱っこした。彩乃はその衝撃の姿を見て、口を開けたまま固まってしまう。

しかも脇腹あたりからもう一対の腕が伸びてきた。それは銀色の硬そうなホース状の腕となっており、先端にある人間の手にそっくりなパーツが器用に紅茶を淹れた。どうやら体毛で覆われた腕のほうは、赤子を抱っこするためのものらしい。

やがて差し出された紅茶は香りもよく実に美味《おい》しかった。が、ロボットが淹れている姿に慣れるまで相当時間がかかりそうだと思った。

その間、秀は病院から持ち帰った荷物をどこかへ運び込むと、「俺は書斎にいるから」と言い置いてリビングの隅にある階段を上っていった。

手持ち無沙汰になった彩乃は、リビングに鎮座するピアノへ目を向ける。初めて見る木目調のそれは、レナ曰く電子ピアノで、霧恵のものらしい。彩乃はふらりと立ち上がってピアノへ近づいた。

自分でも知っている、超有名な国産メーカーのロゴが刻まれた蓋を開き、純白と漆黒の鍵盤を見下ろす。椅子に腰を下ろして試しに指を滑らせてみたら、聞き覚えのある旋律が心地よく鼓膜を揺らした。

——どうして弾けるんだろう。

鍵盤楽器など音楽の授業でしか弾いたことがない。それもほんの短期間のこと。このように慣れ親しんだ運指《うんし》などマスターしていない。

やはり霧恵の影響かと頭の片隅で考えたとき、頭上から乱暴に扉を開けるけたたましい音が鳴り響いた。驚いた彼女の指が異音を弾く。

視線を上げると、吹き抜けとなった二階の廊下から秀が身を乗り出していた。射貫《いぬ》くかのような鋭い視線に、彩乃の体が竦《すく》み上がる。彼の表情は病院で霧恵と呼びかけたときと同じく、呆然としながらも思いつめたようなものだった。

目が離せない彩乃は、怯《おび》えつつも彼と見つめ合う。

やがて秀は我に返った様子で書斎へと姿を消した。

彼がいなくなっても、彩乃はしばらくの間、ピアノの椅子から動けないでいた。

——あの人、ちょっと怖い。

彼の切迫した気配が無言のプレッシャーをかけてくるようだった。本物の霧恵はどこにいるのかと、なぜおまえがそこにいるのだと、こちらのアイデンティティを崩してくる。

慌てて立ち上がりピアノから離れた。もう霧恵が好きだったものには触りたくない。

　しかし特にやることもないため、今度は現代のパソコンで歴史の勉強を始めてみることにした。この家の大型液晶テレビにパソコンが内蔵されていることは、レナが教えてくれた。立体映像《ホログラム》のキーボードを戸惑いながら操作する。

　研究所で入院している最中も霧恵の記憶で勉強していたが、こうやってネットの情報を拾うほうが楽しい。気分が高揚すれば、秀が見せた危うい気配も忘却の箱へ押し込むことができた。夢中で自分の知らない百年間の情報を吸収していった。

　午後四時を過ぎた頃、集中力が切れてきたため、電源を切ってキッチンへ向かう。少し早いが夕飯の支度をすることにした。他人のキッチンは慣れるまで時間がかかるので、早めに始めたほうがいい。

　しかし冷蔵庫の中を眺めていたら、レナから「夕食は奥サまが作られるのでスか」と訊かれて首をひねる。その言い方だと、秀が毎日の食事を作るかのようだ。

　疑問に思い尋ねてみると、テディベアは首を左右に振る。……実に人間くさい仕草だ。

「家の中のことはレナがいたシまス。奥サまは体を休まセてくだサい」

「あ、そうなの……」

慌てて霧恵の記憶を検索してみると、この時代の家事は家庭ロボットが務めているとのことだった。料理の味つけは家人の好みに近づけるようプログラムも可能だと。

彩乃の知る限り、ロボットというものは実用性に乏しい高価なおもちゃというイメージしかなかったが、百年も経過するとここまで進歩するようだ。慣れればとても便利な家庭電化製品なのだろう。

ネットで調べた情報によると、この時代の女性は妊娠七ヶ月まで働き、出産後は三ヶ月で職場復帰するのが普通だった。子どもは託児施設に預けて働くのが当たり前らしい。世界中で人口が極端に減っており、日本も人口増加を国のスローガンとしている。労働力の確保と出生率の上昇を促《うなが》す社会基盤は整えられていた。

このシステムが二〇一七年にあったらなぁ、と彩乃は心の底から思う。待機児童問題で、働けない母親の嘆きをどれほど見聞きしただろう。しかし明日からも、このような毎日が続くかと思うと困惑する。彩乃が生きていたころは家事と育児に忙殺されて自由時間などなかった。これほど暇だと逆に困ってしまう。

就活すればいいのか。この時代の就活はどうするべきなのか。彩乃はソファに座り込んで大きな溜め息を零した。

やがて夕刻となり、レナに呼ばれてダイニングテーブルにつくと、秀もどこからかやって来た。大して会話をしていないため、打ち解けない空気の中、お互い無言で箸をとる。

彩乃はレナが用意してくれた食事をいただきながら、やはり未来の技術は凄いとしみじみ思う。夕飯の献立は鶏そぼろと炒り卵の二色丼。ワカメと豆腐のすまし汁。ほうれん草のおひたし。ポテトサラダ。ロボットは、料理という作る者の個性が出る作業までもこなせるようになったのかと、ひたすら感心した。未来へ来てからというもの自分は感心してばかりだ。

「レナ、これ美味しいわ」

「ありがとうごザいまス、奥サま」

しかし相手は熊の巨大ぬいぐるみである。声のトーンは単調で場面による変化がなく、表情は一定なので、レナを見るたびに違和感をぬぐえない。ハハハ、と乾いた笑みをこぼして箸を動かした。

出汁《だし》が利いたすまし汁を味わいながら、正面で静かに食事をとる秀を盗み見る。しばらくして視線に気がついた彼は器を置き、「なに？」と尋ねてきた。

「あの、家事はすべてレナがやってくれるから、私は明日から何をすればいいのでしようか」

「子どもの世話があるじゃないか」

そっけなく答える秀は、すぐに食事を再開して彩乃から目を逸《そ》らす。

「でも、それだってレナが見てくれますよね」

「レナは優秀だが内蔵プログラム以上の働きはできない。家事は決められた動きをすればいいけど、子どもを相手にする育児は万能じゃない。対処できないことも多い。誰かがそばにいないと」

「……そうですね」

頷《うなず》きながらも内心では、そうだろうか、と否定していた。

この家に来てからレナの育児を観察していたが、オムツ替えは完璧なうえ、常にフワフワの腕で抱かれている赤子はぐっすり眠っている。さすがに授乳時は彩乃へ渡してくるけれど、それ以外に自分にはやることがない。授乳だってミルクに替えればレナがやってくれるだろう。それは秀だって気づいているはず。それなのにこちらを見ようともせず育児をしろと言い放つ。

彼と打ち解けるのはまだまだ先のようだ。彩乃は心の中で盛大な溜め息を吐いた。

霧恵の子、梢はまだ生後三ヶ月であるため、夜間の授乳が必要となる。しかしレナが哺乳瓶でミルクを与えてくれるので、彩乃は朝までぐっすり眠っていても問題ないらしい。夜泣きをしてもレナが一晩中抱っこをしてくれる。

なるほど、これならば働く女性も子どもを産む気になるだろう。彩乃は本日何度めかの感心をしながら、二階の寝室へ向かった。食事後から夫婦の夜についてどうすればいいのか悩んでいたが、風呂上がりの秀から「俺は今日からソファで寝る。君は寝室を使ってくれ」と言われたので助かった。

しかしそれだと疲れが取れないのではと尋ねてみたのだが、無視されて答えはもらえなかった。もしかしたら書斎に新しいベッドを持ち込むのかもしれない。秀は今日の大半、書斎に籠もり、夕食後もすぐに二階へ上がってしまった。

寝室の中を覗くと、ダブルよりやや大きめのベッドと、天井まで高さがある家具が置いてあった。そっと大きなベッドに寝ころべば、こんな広い場所を専有する罪悪感が沸き上がる。

だがクッションの感覚がとても気持ちよくて、おまけに一日中緊張していた疲れが滲《にじ》み出て、すぐに眠りの世界へ落ちていった。

彩乃の実家では猫が三匹も飼われていた影響か、自身も猫好きだった。しかし結婚後の新居に選んだ賃貸マンションはペット禁止であるため、猫を飼えなくて残念に思ったものだ。猫たちは自分を見ると体をすり寄せて、抱き上げると肌を舐めてくる。その感触がくすぐったかったけど嫌いではなかった。

だから彩乃は、己の肌をくすぐる存在に気づいたとき、猫が来たのだと思った。首筋を舐める湿った感触や、素肌の表面を確かめるように撫でる温かさが懐かしい。自分の口元が弧を描いているのがわかる。

その唇に柔らかなものが押し付けられた。——ふと、何かがおかしいと疑問が湧く。

猫ってキスなんかしないわよね。いまだに夢から醒めない彩乃は、猫ではなく夫の祐司が肌をまさぐっているのだと察した。すると体が弛緩《しかん》して唇に隙間が開き、ぬめる舌を迎え入れる。口内をねぶる熱い舌に、己のそれを絡ませた。自然と腕が持ち上がって彼の首へ回す。

だがここで再びおかしいと感じた。慣れ親しんだ夫の味とは違うと、舌先の尖り具合や肉の厚みが違うと、本能が警鐘を鳴らす。それに彼はキスの合間に愛撫をする人ではなかった。こんなふうに乳房を揉みこんで妻の官能を高めるようなことは、キスの最中にしない――

唇を解放されたと同時に瞼を開けば、間接照明に照らされた男の顔半分が至近距離にあった。夫の祐司もそこそこ悪くない容姿であったが、ここまで端整な顔立ちではなかった。こんな欲情を灯《とも》した瞳でありながら、自分を睨《にら》んでくることもなかった。

ヒッ、と喉の奥から絞り出した悲鳴を聞いているだろうに、秀は無言で彩乃の首筋に唇を移すと何度も吸い付いてくる。いつの間にかコットンパジャマのボタンが全部外されて素肌が晒《さら》されていた。

――やめて。触らないで。

愛した夫以外の男に肌を嬲《なぶ》られる恐怖で、全身に鳥肌が立った。激しく打ち鳴らす心臓の鼓動が大きすぎて、頭の中でわんわんと鳴り響く。

それなのに、なぜか逃げることができなかった。肉体は確かに秀の愛撫を受け入れている。このまま進みたいと、体が火照《ほて》り下腹部が疼く。そのうちに男を迎える反応を両脚の付け根に感じて、羞恥から顔面に熱を感じた。

そこでようやく抵抗する気力が湧く。相反する心と体の反応に混乱しつつも、必死にもがいて逃げようとした。

しかし秀は彼女の体を易々《やすやす》と押さえつけ、頭を下ろすと乳房の尖端を目指す。それを悟った彩乃の、凍りついていた口がやっと動いた。

「やだっ！　祐司、助けて……！」

その瞬間、胸の谷間に顔を埋めていた秀が凄い勢いで体を起こした。彩乃の両肩をわしづかみにして叫ぶ。

「その顔でほかの男を呼ぶな！」

激昂《げきこう》した声音と響きが、彩乃の全身を鞭打《むち》つかのようだった。男の本気の怒りを浴びて、恐怖で心の底から震え上がる。

「だって、だって……私は、霧恵さんじゃない……」

「君は霧恵だろう！　この体は霧恵のものだ。君は霧恵以外にはなれない。だったらそれらしくふるまっていろ！」

眦《まなじり》から涙が溢れてきた。自分はもう彩乃ではないと、己の存在を全否定されることが、これほどまでつらいとは思わなかった。本能が恐怖に負けて、彼の言うとおりにしたほうが楽だと喚《わめ》いてくる。しかし。

「あ、あなただって、私を霧恵さんとは思っていないじゃない……」

「黙れ！　君は霧恵だ。霧恵の記憶があるんだろ。だったら――」

「あなたは霧恵さんを、『おまえ』って呼ぶわ」

自分を見下ろしてくる顔が一瞬にして固まったとわかった。

「あなたは奥さんを『君』だなんて呼んだりしないわ。……あなただってわかっているのよ、私が霧恵さんじゃないって」

頭痛に苛《さいな》まれながら必死に霧恵の記憶を探れば、秀との会話が断片的に浮かんでくる。

『なあ、霧恵。おまえの指輪のサイズっていくつ？』

『これお土産。おまえ好きだったよな』

彼が〝君〟の二人称を使う相手は他人行儀に接する者だけだ。秀は現在の妻を見て無意識に敬称を変えていた。心の中では彩乃を受け入れてはいないのだ。

愕然《がくぜん》とした表情になる男の胸を押しやれば、体を引いた秀はベッドの上で座り込んで頭を抱えた。彩乃は急いでパジャマのボタンをはめて、寝室から逃げるようにして出て行く。

一階へ降りるとリビングでは明かりを消した暗闇の中で、レナが赤子を抱いて歩き回っていた。

「奥サま、どうシまシたか」

彩乃を認めるとリビングの明かりが絞られた状態で点灯される。家中の電気もレナが管理しているのかと内心で驚きながら、彼女に近づいた。

「ちょっと眠れなくって。……ねえ、秀さんがリビングに来ないよう、朝まで見張っててくれる？　梢ちゃんは私がみているわ」

「かシこまりまシた。夫婦喧嘩でスか？」

「……」

この時代のロボットは、こんな会話のキャッチボールもできるのか。驚く一方で〝夫婦〟喧嘩との単語に顔を歪《ゆが》める。秀とは夫婦であっても夫婦ではないのだ。

赤子を受け取り、寝息をたてる愛らしい顔を見つめながら、明日から彼との生活をどうすればいいのかと考えた。が、いい案は出そうになかった。

そのうち死に別れた夫と子どもを思い出して涙が零れてくる。

その夜は一睡もできなかった。

霧恵の記憶によると、秀の朝は早い。午前八時にはワイナリーに入らなくてはいけないのと、自宅から職場までそこそこの距離があるため、六時すぎにはリビングへ下りてくるはずだ。だが、午前五時に身支度を整えてやって来たので、彩乃は思わず息を呑んだ。

まだ心の準備ができていないうえに、自分はパジャマ姿である。着替え——といっても霧恵の服——は寝室にしかない。

「おはようごザいまス、旦那サま」

「おはよう、レナ。朝メシは時間通りでいいよ。梢を頼む」

「かシこまりまシた」

彼は我が子を抱き上げて頬にキスをすると、巨大テディベアに子守りを任せて彩乃へ近づいてきた。ソファに座っていた彩乃は素早く立ち上がり、背もたれの背後に回り込む。その様子を見る秀には悲壮感が漂っていた。

「話がしたいんだ。夕べは……、すまなかった」

いきなり謝罪をしてきた秀に彩乃は驚く。罵《ののし》られるかと思ったのに、意外な反応だ。

「出て行けとか言わないんですか」

「なんでそうなるんだ、君は俺の嫁さんだろ」

反論しようとして口を開いたが、秀がキッチンへ向かってしまったので渋々黙り込む。しばらくするとコーヒーのいい香りが漂ってきた。彼は二つのマグカップを持って戻ってくる。

「座ってくれないか、頼む」

下手《したて》に出られると彩乃も虚勢を張りにくい。レナと梢がいる場所で襲われることもないだろうと判断し、おそるおそるソファへ腰を下ろした。差し出されたマグカップは素直に受け取ったが、口はつけなかった。

秀はコーヒーを飲んだり、組み合わせた両手を解いては再び組み直したりと、落ち着かない様子だ。しかしやがて意を決した表情で彩乃を真っ直ぐに見つめる。

「本当は昨日のうちに話し合うべきなのを、後回しにしたせいで君を傷つけた。すまなかった。許して欲しい」

苦しそうな表情で深く頭を下げられると、彼に対して恐れを抱きつつも、憐憫《れんびん》の情が湧く。だからといってすぐに受け入れることなどできないが。

「……あの、なぜ魂の移植を望まれたんですか。こうなることはわかりきっていたはずですよね」

ルドング病治療に移植する魂は、当初、過去ではなく現代の子どものそれを使用していた。しかし事故死や病死した子どもの親が、我が子の魂を移植した患者を誘拐する事件が多発し、魂の親と肉体の親で子どもを取り合う事件も頻発して大問題となった。

医学が進歩したおかげで、奇病以外で幼くして命を落とす子どもの数は少ない。ルドング病患者の親が他人の子どもを殺害してまで、移植用の魂を用意しようとする事件も起きたため、過去の死者の魂を移植する法律が制定された。

この時代、時間を超える技術は確立しており、人間という巨大な質量が移動することはできないが、物体のない魂のみの移動は可能だった。

過去の魂を使うようになった初めの頃は、死亡した幼児の魂を移植していたが、ルドング病患者の増加で過去においても子どもの死者が足りず、やがて大人の魂も移植するようになった。しかし小さな子どもの体に経験を積んだ大人の魂は負荷が大きすぎた。

人間の魂にはその人物が生きてきた歴史や記憶、本人の人格が含まれている。その影響力や情報量は膨大で、乳児へ移植された場合は幼い肉体が大人の魂を受け止めきれず、異物だと判断してしまう。移植された魂を排除しようと攻撃し続け、人格を破壊してしまうのだ。

移植による治療法の問題点は、肉体は変わらないまま、中身が新生児になってしまうことにあった。まっさらな人間ができあがってしまうのだ。とはいっても大抵の患者は乳幼児なので、人生を一からやり直す状況になってもまだ間に合う。

問題は大人がルドング病に罹患したケースである。滅多にないが、皆無ではない。

成人の頑健な肉体へ成人の魂を移植した場合、肉体は他人の人格や記憶を受け止めることが可能で、魂を攻撃しない。そのため人格も消滅せず、移植された魂が患者の肉体を使って生き返る状態となる。

そしてその場合は、肉体と、移植される魂の双方に共通点が多いほうが好ましいとされた。

たとえば小笠原霧恵のケースでは、患者と魂の享年が近くて、子持ちの女性が望ましい。移植後に患者の家族とうまく生活できる可能性が高くなるからだ。

稀《まれ》に幼児と同様、肉体が人格を破壊して真っ白の人間ができてしまうが、そちらのほうが厄介だった。体は大人なのに中身は赤ん坊になるから、オムツを穿かせることから始めなくてはいけない。言葉も使えないし、食事も自分でとれない。しかしそのケースは本当に稀で、霧恵の移植では彩乃の人格が残る可能性が高かった。

……そのことをマッドサイエンティストから説明されたはず。彩乃は秀の疲れた表情を見つめたが、彼は首を傾げて、意味がわからないといった顔つきになった。

「なぜって、霧恵が決めたからだ。君は霧恵の記憶を持っているんだろう？　思い出せないのか」

「記憶はありますけど、なぜか近年の記憶だけが詳しく思い出せないんです。思い出そうとすると頭が痛くなって。だから説明してくれたほうが早いんですよ」

思い出せる部分もあるが、思い出せない事柄も多い。その原因はマッドサイエンティストにもわからなかった。成人患者の数が少なすぎるため、前例もなく研究も進んでいないから、何が原因かわからないらしい。

秀は彩乃の言葉を聞いて、大きく息を吐いてから話し出した。

「俺は最初、移植を望まなかったんだ。霧恵の体が残っても意識が別人になるなら、それは霧恵じゃない。人間にとって大事なのは肉体じゃなくって、精神だと俺は思っている」

しかし霧恵は、我が子に母親を残してあげたいと告げた。脳に霧恵の記憶が保管されているならば、生まれ変わった霧恵も梢を愛してくれる可能性が高いと。

ふとそのとき、霧恵の記憶の中で、見えなかった部分の靄《もや》が一瞬だけ晴れた。それは見覚えのある研究所の入院施設だった。頭までシーツを被った霧恵が布越しに秀へ話しかけている。

『……それに赤ん坊を一人で育てるのは大変よ。レナがいたとしても、機械は痒いところに手が届かないわ。母親がいたほうがいいに決まっている』

『そりゃそうだけど、遺《のこ》される俺はどうなるんだよ。おまえじゃなくなったおまえを、どう扱えばいいんだ』

『後妻《ごさい》をもらったって考えればいいじゃない。でも体は私なんだから、それってラッキーだと思うわよ』

霧恵の脳内には、確かにそんな台詞を告げた記憶が残っていた。しかしこの瞬間、彼女の言葉に奇妙な違和感を抱く。それは不快感を伴っていた。

なんだか彼女の台詞が嘘くさい。彩乃は脳へ意識を向けながら眉をひそめる。だが深く考えようとすれば頭が痛むため、秀との話を続けることにした。

「それで、これからどうするつもりですか。あなたは後妻をもらったと考えればいいでしょうが、私は再婚するつもりはありません」

とはいっても、ここで秀に捨てられたら困るのは自分のほうなのだ。この時代のことはまだ完全に把握していないし、ここ以外に住むところもお金もない。霧恵の職は研究所でのルドング病研究なのだが、そこで彼女と同じような働きができる自信はまったくない。生前の自分の仕事は一般事務だったうえ、彼女の脳は原因不明の頭痛により活用できないから。

だからといって秀を受け入れることも生理的にできなかった。死んでこちらに来たばかりの自分は、過去に多くの気持ちを遺したままだ。生まれたばかりの子どもに、愛する夫……。

どうすればいいのかと項垂《うなだ》れていたら、頭に軽い感触を得て視線を上げる。困惑した表情の秀が彩乃の頭部を撫でていた。触らないでと言う前に離れていったが。

「ここで君と別れることは簡単だが、霧恵の体をよその男にくれてやるつもりはない」

「生涯、独り身を貫くかもしれませんよ」

「それに梢の母親は君に間違いないから……だから、俺と付き合ってみないか」

「は？」

人の話を聞かないで話を進める男を、まじまじと見つめてしまう。おまえは何を言っているんだ、との気持ちを率直に視線へ込めてやれば、秀は苛立《いらだ》たしそうに舌打ちをした。顔を逸らしてぶっきらぼうに答える。

「つまり君が……、その、俺を好きになれば問題ないだろう」

もの凄く言いにくそうに、彩乃と目を合わせないで呟く彼の耳は赤く染まっていた。ここで照れないで欲しいと、彩乃も頬を染めて視線を足元へ落とす。

「すごい自信過剰ですね。逆にあなたはどうなんですか、私を好きになれそうですか」

「霧恵が二重人格になったと思うことにする」

微妙な設定だと、彩乃は瞬時に白けた表情になった。それよりも霧恵にそっくりな妹とでも考えた方がいいのではないか。まあ霧恵は一人っ子のうえ、シングルマザーであった母親とも死別しているから、考えにくいのだろうけど。

「……言いたいことはわかりましたけど、私はこれからどうすればいいんですか。お付き合い期間は別居ですか」

「なんでそうなるんだ、梢のそばにいてくれ。俺は書斎で寝るから」

彩乃は視線を天井へ向けて、この提案を吟味してみる。

悪くない話だと思う。家族も友人も知人さえもいないこの世界で、居場所が得られるのだ。ある程度の時間が経てば、仮に秀を受け入れることができなくても、こちらでの生活に慣れるはず。そうすれば職も見つけられるかもしれない。一人で生きていける可能性もぐんと上昇する。

「わかりました。その話、受けます。ただ一つだけ条件を呑んでくれますか」

「なんだ」

「私のことは彩乃と呼んでください。私は霧恵さんではありません」

霧恵の体を他の女の名前で呼ぶ。秀の顔に、一瞬様々な感情が浮かんだ。泣きそうで苦しそうな、怒り出して喚きそうな複雑な表情。瞬きもせず睨むように彩乃を凝視する彼の手が、拳《こぶし》を握り込んで小さく震えている。

殴られるかもと心の中で怯えたが、やがて秀は体の奥底から吐き出すような大きな息を吐き、肩を落とした。俯《うつむ》いたまましばらく床を見つめた後、「わかった……。わかったよ。もうわかった……」と震える声で呟く。顔を上げて彩乃へ濁った瞳を向けた。

「君は確かに霧恵じゃない。……これからよろしく、彩乃さん」

秀が手を差し出してきた。大きな手のひらを注視する彩乃は、そっと右手を伸ばして温かな肌へ触れる。少し皮膚が固く、指先がざらついた手のひらだった。

彼の仕事はワイナリーでの勤務と聞いている。どのような内容かは想像できないが、デスクワークではないと思わせる手のひらだった。それがひどく彩乃の心を締めつける。

夫の祐司は証券会社の営業マンだった。書類とパソコンを扱う毎日はこれほど手を痛めなくて、すべすべとした柔らかい手のひらだった。そして自分とそう背丈も変わらなかったせいか、これほど大きな手を持ってはいなかった。

――私はこの手を愛せるだろうか。

秀の温《ぬく》もりを感じながら、心は未来への不安で押し潰されそうだった。

2

小笠原家には広めの庭がある。彩乃は朝、秀を送り出した後、庭いじりをする時間が増えた。生前のマンション暮らしでもベランダ栽培は趣味でやっていたのだ。定番のプチトマトやオクラ、パセリ、ナス、シソ、バジルなどのハーブ類、またはゴーヤで緑のカーテンを作ったりと、形はイマイチだが安全で彩りのいい野菜を食卓に添えていた。

しかしその作業も一日中行うわけではない。六月の上旬であるこの時期は雨期と呼ばれる季節で、土砂降りになることは少ないが、霧雨がたちこめたり止《や》んだりを繰り返す。外へ出ることがままならない日も多い。

今日も午後になると雨の気配を感じたので、庭から引き上げて屋内へ戻った。レナが作ってくれた美味しい昼食をいただき、買い物予定の電子食品カタログをのんびりと眺める。

暇だわ。彩乃は一週間分の献立を考えながら欠伸《あくび》を漏らした。この時代には食品スーパーが店舗として存在しておらず、代わりにインターネット注文に応える巨大物流倉庫が、各家庭へ食材や生活用品を届けるシステムになっている。彩乃の生きていた時代ならネットスーパーというものだろう。まとめて購入するとかなりの割引率になるため、霧恵は一週間分を予約購入していた。

この時代の家庭電化製品は素晴らしく発達しており、まとめて仕入れても傷《いた》むことなく保存できる技術が冷蔵庫に備わっている。しかも食料品を受け取り、冷蔵庫へ収納して調理するのもロボットであるから、主婦は献立を決めて食材を注文するだけでいい。

また、食材だけでなく食事の宅配も盛んであった。これも女性が結婚、または出産後も継続して働くことができる環境づくりの一端を担っている。

実に素晴らしいシステムだが、現在無職である彩乃にとっては、逆にやることがなくなってしまった。やはり職を見つけて働きに出たほうがいいように思われる。そうすれば秀がいない時間も無駄に彼のことを考えなくても済む。

そこで重たい溜め息が零れた。秀のことばかり考えてしまうのは、彼との関係がまったく進展しないことが原因だ。この家へ来て二週間が経過しているのに、彼とはほとんど話をしていない。二人でリビングのソファに腰を下ろしていても、まったく話しかけてこないため、会話そのものが成り立たないのだ。

彼は約束どおりシングルベッドを書斎へ運び込み、彩乃と寝室を分けている。ただ、そうすると書斎に籠もる秀と彩乃には、食事のときにしか接点がない。一週間ほどはその状態でも耐えられたが、今週はとうとう彩乃のほうが根負けして話しかけた。

いや、根負けというより喧嘩腰で文句を言ったとの表現が正しい。

『秀さん、付き合うためには相手のことをよく知ることが大切だと思いますけど、会話をしようという努力はしないんですか』

語尾がやや上がり調子になったので、嫌味を言ったことはきちんと伝わったようだ。秀の表情に不快の色が浮き上がった。

『寡黙《かもく》って言葉の意味を知ってるか。話したいならそっちから話しかければいいだろう』

どうもこの人はひと言多いタイプのようである。自分の好みではない。

『この時代の男の人って積極的に声をかける甲斐性もなくなったんですね。嘆かわしい限りです』

彼の妻である霧恵は、夫の皮肉をやんわりとかわして流れを変える話術を持っていたのだろう。自分には到底真似できない芸当だ。度量の広い女性とは素晴らしい。

『霧恵はそんなことを言わなかったぞ』

『そりゃあ、私は霧恵さんではありませんから。あと、そういう台詞は好きじゃないです。未練がましい男は嫌いなので』

『その顔で嫌いって言うな』

呟かれた言葉に、己の表情筋が引き攣《つ》る自覚があった。

『そんなにこの顔がお好きですか。まさか顔で奥さんを選んだとか？』

『そんなことはない。だが外見も重要な要素だろ。第一印象は見た目で決まる』

『じゃあ私のことは永遠に好きになれませんね。私の本来の容姿は秀さんに吊り合うようなレベルじゃないので』

彼のこめかみに青筋が浮かんだのは見間違いではないようだ。

『……今の君は美人だ』

『霧恵さんは可愛いですからねー。私も鏡を見るのが楽しくって』

その瞬間、ぎろっと凄い目つきで睨まれた。少々怖気《おじけ》づいたものの、強気の態度は崩さなかった。まだ彼と共に暮らした期間は短いものだが、女性へ暴力をもって己の意見を通すような蛮人ではないとわかっている。霧恵の記憶の中でも、秀が彼女へ暴力的な行為をした過去は見当たらない。

なのでどこまでも強く出ることにした。互いに視線を合わせて睨み合う。

『でも秀さんは「私を」好きになるつもりなんでしょう？　道のりは果てしなく遠いわぁ～』

遠慮なく顎を上げて見下したように睨み付けてやれば、苛立った表情で席を立った秀は、足音高く階段を上がって行った。

それ以来、彼とは顔を合わせるたびに喧嘩してばかりだ。喧嘩するほど仲がいいとは言うが、まだ一度も仲良くなっていない関係だと、この言葉は不適切だろう。……永遠に不適切になる予感がヒシヒシとする。

ああいう男には、もっとおおらかで姉《あね》さん女房的な女性が似合うと思うのだ。自分のような短気で勝気な女とは、相性が悪いような気がする。

その予感は間違っていなかったらしい。その日の夜、相変わらず意思疎通のないまま無言で食事を終えた後、リビングのソファで向かい合ったときに話しかけて、堪忍袋の緒が切れた。

「秀さん、明日休みですよね。どこか出かけませんか」

「どこに？」

「だから、どこかに」

こっちから誘ったんだから場所ぐらいアンタが決めろ。と、目線で訴えてみたら、彼はテレビのスポーツチャンネルへ視線を固定させたまま返事をしてきた。

「君が決めればいいだろ。行きたいところに連れていくよ」

「……私はこの時代のことがあまりよくわからないので、秀さんが決めてくれるとありがたいんですけど」

「霧恵の記憶を探ればいいだろう」

「霧恵さんの記憶はわからない部分も多いんです。それに彼女の好きなところを私が選んでもよろしいのでございますか」

わざと慇懃《いんぎん》無礼に言ってやれば、やっとこちらを向いた。どうやら売られた喧嘩を買うつもりらしい。

「君の好きなところにすればいいと言ってるんだ。聞こえなかったのか」

「まったく聞こえませんでした。で、あなたと霧恵さんの思い出の場所でいいですか」

「なんでそうなるんだ。嫌ならネットで検索すればいいだろう」

「誰も嫌なんて言ってませんよ。秀さんが仰《おっしゃ》ったじゃないですか。霧恵さんの記憶を探れって」

「悪趣味だな。霧恵との記憶を汚《けが》すなんて」

今、自分の頭の中から、ブチッと何かが切れる音がした。なるほど、この男は『俺と付き合ってみないか』と自ら言い出したわりには、妻を忘れる気は毛頭ないらしい。そして努力をする気もなければ、こちらの歩み寄りも迷惑だったようだ。

顔からいっさいの表情を消して無言で立ち上がると、秀との間にある木製ローテーブルの一辺をつかみ、一気に持ち上げてちゃぶ台返しの要領でひっくり返した。

ドゴォン！　と耳障《ざわ》りな大音量がリビングに鳴り響き、レナに抱かれた赤子が激しく泣き出す。テーブルに置かれていたマグカップが吹っ飛び、中身のコーヒーがソファにぶち撒けられた。秀も飛沫《ひまつ》をかぶったが、それほど熱くはなかったので大丈夫だろう。実際に彼は口を半開きにしたまま、唖然として固まっているだけだった。

火傷《やけど》はしていないと判断した彩乃は、ひっくり返ったテーブルの天板の上に立ち、男の脚の間にある座面を勢いよく踏み付けた。

「黙れヘタレ。そのタマ潰すぞ」

ドスのきいた声を放てば、蒼くなった秀がこちらの足首を素早く握り締めてきた。が、根性で足はどかさなかった。

「よくも毎日毎日、未練がましい面《ツラ》で過ごせるものね。あんたみたいな男の風上にも置けないクズって、見るのは久しぶりだわ。そこにぶら下げてるモンは飾りかと疑うわね」

やはりこのしみったれた男とは付き合えない。この時代の離婚は離婚届に判を押せばいいのだろうか。

と、考えながら秀を睨み据える。

「こっちの顔を見るたびに霧恵霧恵と、馬鹿の一つ覚えでうるさいのよ。そんなに霧恵が恋しいなら、霧恵の顔したダッチワイフでも作って乳繰り合ってろ」

「……あ、彩乃さん」

「ああ？」

「見えてる、その、パンツ」

そういえば今日はタイトスカートだった。こんなときにどこを見ているのか。たいへん癪《しゃく》に障ったため、脚を引くのではなく思いっきり蹴り上げた。踵《かかと》が股間にめり込む寸前で秀の手によって止められたのは、心から残念に思った。

「放してよ。アンタに触られたくないんだけど」

「だったら脚をどかせ！　脚を！」

秀は冷や汗をかいている。仕方がないので渋々と脚を床へ下ろせば、彼の両脚がピタリと閉じられた。

男が脚をそろえて座る姿は意外と似合わないもんだな、と考えながら仁王立ちで見下ろしていると、秀は若干怯えた表情で見上げてくる。

「すまなかった。君の言うとおりだ、俺はやっぱり霧恵を忘れられない」

「じゃあ離婚ね。さようなら」

「待ってくれ！　やり直したい、これからはちゃんと君と向き合う」

「白々しい。どうせしばらくすれば、霧恵恋しさにピーピー泣き出すんでしょう」

「……俺が悪かった。本当にすまない。君を見ていると、どうしても霧恵だと思ってしまうんだ」

でも、と呟いた秀がソファを黒く汚す染みへ視線を移し、苦笑を浮かべる。

「やっぱり霧恵とは違うって思い知ったよ」

彩乃の足元を眺めて、ちゃぶ台返しをする人って初めて見た、と言われたときにはさすがに顔が熱くなった。怒りに任せてやり過ぎたかもしれない。

「あの、奥サま、旦那サま、よろシいでスか？」

キッチンカウンターの向こう側に避難していたレナが、そっと声をかけてきた。そういえば赤子が先ほどから泣き続けている。秀への怒りと興奮状態でまったく耳に届いていなかった。

慌ててレナから赤ん坊を受け取り、リビングの隅で乳房を含ませて静かにしてもらう。その間に秀とレナがソファカバーを取り替えた。

リビングへ戻った彩乃は、レナに赤子を任せて再び秀と向かい合う。彼は彩乃と目が合うと、やや引き攣った笑みを頑張って浮かべる。

「霧恵も怒ることはあったけど、あそこまで噴火して声を荒らげることはなかったな。おかげで彼女とは違う人間だって痛いほど実感できた」

「そりゃどうも」

「強烈だったよ。でも女の子なんだから、男が使うような品のない言葉は言わないほうがいい」

自分は何かまずいことでも喋っただろうか。先ほどまでの会話を思い出すと、そういえば下ネタを口走った記憶がぼんやりと残っている。激昂する状況とはいえ、女性としてはあるまじき振る舞いかもしれない。再び己の顔が赤くなる自覚があった。

そこで俯いた彩乃はふと気がつく。秀が言った、「女の子なんだから」との台詞には、「霧恵の姿なんだから」といったニュアンスは含まれていなかった。純粋に彩乃という一人の女性に対しての言葉だと信じることができた。

確かに霧恵と彩乃の区別はできたのかもしれない。まだ推定無罪だけど。

「彩乃さん、明日はお詫びというか、君を連れて行きたい場所があるんだ。付き合ってくれないか」

「あんまり気乗りしないんだけど、どこよ」

「研究所」

「え！」

思わず仰《の》け反《ぞ》ってしまった。あそこにはいい思い出など何一つない。

だが秀の説明を聞いて気持ちが揺らいだ。研究所といっても彩乃が入院していた施設ではなく、同じ敷地内にある情報図書館へ行くそうだ。そこでは魂の提供者である、移植ドナーについて調べることが可能らしい。

秀は、彩乃と生活を始めてから、情報図書館のデータバンクで彩乃の個人情報を見ようと思ったことがあるらしい。少しでも彼女のことを理解したいとの理由で。とはいってもそこに載っているのは本人の経歴だけなので、あまり意味はないと思い直し、結局行かなかったそうだが。

「でも君なら気になるんじゃないか。死んだときのこととか、死後に遺した人のこととか」

――祐司。千晶《ちあき》。

夫と子どもの名前が瞬時に浮かび上がった。この時代にはすでに存在しない愛しい人たちのことを。

実は彩乃もこの二週間、死に別れた家族のことをずっと考えていた。彩乃として生きた最後の記憶は、頭部に受けた激痛で意識が混濁する中、抱き締めた千晶の泣き声がだんだんと聞こえなくなるところで止まっている。いったい何が起きたのかもわからず、次の瞬間には未来で生まれ変わっていた。

自分はあのときどうなったのか、家族はその後どのように生きたのか、知りたいと強く思う。だが知ることに対して恐怖心もあった。

息ができないほどの激しい痛みに苦しみながら、ひたすら我が子の安全だけを考えていた死の瞬間、もう自分は助からないだろうとの絶望に涙を零した。心と体に受けた痛みを思い出すことは今でも苦しくて、息が詰まりそうになる。

それにもしあの後、そばにいた千晶も死んでいたら……いや、自分のひ孫である霧恵が存在しているのだから、千晶が死んでいるはずはない。だが大きな傷を負ったりしていたら、子どもを守れなかった自分が許せない。

「……彩乃さん、大丈夫か」

いつの間にか、秀が彩乃の顔を覗き込んでいた。涙でぼやけた視界の焦点が合うと、心配そうな表情で見つめてくる男の顔がはっきりとわかる。それが最愛の夫ではないことに涙が零れ落ちた。

秀が霧恵を引きずっているように、彩乃もまた祐司を忘れることなどできない。本当は彼を罵る資格などないと、目を背けていた事実に胸の奥が痛む。

「……行くわ」

「行くって、情報図書館か？」

手の甲で涙を拭きながら頷いた。自分も少しずつ気持ちを切り替える努力を始めなくてはいけない。もう愛した家族はどこにも存在しておらず、自分を保護してくれる人は秀しかいないのだ。彼を受け入れられるかどうかはわからないが、その努力だけは怠ってはいけない――

すん、と洟《はな》を啜《すす》りながら高い位置にある顔を見上げる。

「家族のこと知りたいわ。連れて行って」

「ああ。……あの、本当に、ごめん」

泣いている彩乃を見て何を思ったのか、髪を掻き毟《むし》った秀は慰めるように彼女の頭を撫でた。

そのとき、再び体の芯に女の疼きを感じた。もう何度も受け止めているこれが〝欲情〟と呼ばれるものだとさすがに理解している。愛した夫ではない男に慰められて、心は拒絶しているのに体が喜ぶ。その矛盾と情けなさに、止めようとした涙がさらに溢れてきた。

祐司は妻の頭を撫でることはなかった。それよりもキスをしてくれた。でもその人はここにはいない。この世界のどこかにある墓で、骨となって静かに眠っている。

――私もそこで眠るべきじゃないのか。

心に生じた黒い想いをむりやり奥底へ沈めて、涙が止まるまで秀の慰めを受け入れていた。

§

研究所には碌《ろく》な思い出がない。目が覚めたら他人の肉体に入っているし、スタッフたちは自分を霧恵として扱うため、彩乃の存在意義やプライドをことごとく踏み潰してくれた。

おまけにこの時代のことを知ろうとしても、パソコンの類《たぐい》は貸してもらえず、自分の脳から学べと突き放された。それなのに霧恵の記憶は、近年のものを探ると激しい頭痛を起こす。なるべく古い記憶を少しずつ取り出す入院の日々はつらかった。

おそらく脳を活用する訓練をさせたかったのだと思うが、そういう意味さえ説明してくれなかったあそこの連中は、言葉が足りなさすぎると彩乃は思う。

その忌まわしき研究所を横目に見ながら通り過ぎ、同じ敷地内にある情報図書館への道を車で進む。

敷地内といってもかなりの広さがあった。そこそこの時間をかけて走っていると、広葉樹が並ぶ緑豊かな一角に、こぢんまりとしたグレーの外観の二階建てが現れる。隣接する駐車場に車を停めた。

図書館と呼ばれているものの、ここは移植データに関する情報しか扱っていない。そのせいか彩乃たち以外の人影は皆無だった。

静かなところだわ。車から降りた彩乃が周囲を見回していると、隣に立った秀が同じ感想を漏らした。

「へえ、静かなところなんだな」

「秀さんもここに来るのは初めて?」

「ああ、霧恵に移植する魂を探すのは研究者任せだったたし、俺も自分の魂について興味はなかったし」

一歩踏み出した彩乃の足が止まった。驚いて高い位置にある顔を見上げる。

「秀さんも魂を移植したの？」

「ああ。生まれてすぐルドング病にかかったって聞いている。現代の人間はほとんどが移植をして助かっているんだ」

三歳未満の罹患率は九割以上。そして致死率も九割を超えている。この時代、四十歳以下の人間で移植をしていない者はごくわずかだった。

そこで秀の表情が曇る。「霧恵はルドング病に感染していなかった」と呟く声には、苦味が多分に含まれていた。

「大人の霧恵さんがルドング病にかかったのは、子どもの頃にかかっていなかったから？」

「だろうな。一度あの奇病にかかれば二度はかからないんだ。でもワクチンなんて存在しないから防ぎようがないし」

「でも……、それだったらなんで霧恵さんはルドング病の研究者になったの？　危険じゃない」

「霧恵のお袋さんが原因だよ。お袋さんもルドング病にかからないで大人になったんだけど、霧恵が高校生のときに罹患したんだ。だけど霧恵は移植を望まなかったんだな」

「じゃあ、お母さまは……」

「亡くなった。霧恵はそのことをずっと後悔していたらしい。でも実の母親の中身が赤の他人になってしまうのは、どうしても耐えられなかったって言ってた」

そのため母親を死に追いやったルドング病を許せず、病の撲滅を目指していたとのこと。

彩乃へ説明をする秀の声には、やるせない想いが籠もっていた。しかし彩乃はこのとき、霧恵が実母への移植を望まなかった割には、自分への移植は実行したことに違和感を抱く。とはいえ秀の暗い表情を見て何も言えず、共に無言で図書館の入り口をくぐった。

秀は受付カウンターへ向かい、小笠原霧恵の移植データを閲覧したいと述べる。すると受付嬢が「身分を確認します」と告げたため彩乃は狼狽えてしまう。

運転免許証か保険証が必要だったのか、霧恵はそれらを持っていただろうか。脳内を慌てて探り出すと、秀がカウンターにはめ込まれているモニター画面へ両手を置いた。黒一色だった画面が一瞬光り、受付嬢が霧恵の配偶者であるとすんなり認める。

どうやらこれが現代における〝身分の確認〟であるようだ。と、同時に脳内に似たような場面の記憶が浮かび上がる。掌紋の認証で本人確認がされると。

――この時代の人間って、掌紋を登録するものなんだ……ちょっといやかも。

プライバシーの侵害じゃないのかと、百年前の感覚を持つ彩乃は大いに引っかかる。もちろん認証を拒否するつもりはないので、秀と同じようにモニターへ両手を置けば、あっさり本人と認定された。当たり前のことだが。

受付嬢に案内されて一番ブースへ入ると、そこは窓がない密閉された四畳半ほどの部屋だった。中央に四角柱の台が据えられており、上面には六十インチ程度のモニターがはめ込まれている。

そこへ近づいていくと、背後のドアに電子ロックがかかる音が鳴った。彩乃は知らず知らずのうちに止めていた息を吐きだす。

「思ったより厳重なのね。そんなに移植ドナーの情報って重要なんだ」

「重要というより、トラブルを防ぐために規制がかかっているんだ」

「トラブルって？」

「昔、ドナーに関わる事件が頻繁に起きたんだよ。――この画面へさっきみたいに両手を置いてごらん。まず霧恵の個人情報が出てくる」

カウンターでの身元確認と同様、正方形のテーブルにはめ込まれているモニターへ両手を押し付ける。秀は、黒い画面が光を放つのを見下ろしながら続きを語った。

「昔って言ってもそんなに古い話じゃない。移植された魂を自分の前世だと思い込んだ人間が、その魂と夫婦関係だった相手を調べて、その人の魂が移植された人間を探し出すって事件が起きたんだ」

「ええっと、つまり私の夫の魂の持ち主を探すってことよね。探してどうするの？」

「付き纏《まと》う。前世で夫婦だったから、現世でも夫婦になるべきだって」

「でも子どもの頃に移植されたら、元の人格は消えてしまうんでしょう？」

「ああ。だから過去で夫婦だったとしても、現在では見知らぬ他人でしかない。しかしストーカーはそんなことお構いなしだ。とうとう無理心中にまで発展したから、ドナー情報の閲覧に規制がかかった」

そのため移植ドナーの経歴を閲覧できるのは、移植を受けた本人と、その三親等までと定められている。受付で秀の身元を確認したのは、間違いなく霧恵の配偶者であるかどうかをチェックしたのだ。

そんなことがあったのかと驚きながら画面を見ていると、モニターに文字が浮かび上がってきた。霧恵のデータが表示される。

氏名　小笠原霧恵
本籍　長野県安曇野市三郷四之津七七八五
出生　【生年月日】西暦二〇八三年十月二十三日
【母】武田桃奈《たけだももな》
【続柄】長女
婚姻　【婚姻日】西暦二一一二年十月十日
【配偶者氏名】小笠原秀
出産　【出産日】西暦二一一四年二月十三日
【子氏名】小笠原梢
移植　【移植日】西暦二一一四年五月十九日
【移植時刻】午後二時三十分
【移植地】長野県安曇野市
【提供者】井上《いのうえ》彩乃

戸籍謄本の書かれ方に似ているわ。と、おぼろげな記憶を思い出しながら目を通した。文字が光っている箇所がいくつかあり、そこを指先でタッチすると細かい情報を得ることができるそうだ。試しに光る霧恵の名前をタッチしてみると、彼女の学歴と職歴が表示された。こんな個人情報が昔は誰でも見放題だったなんて、今は規制されているとはいえ恐ろしい。
秀から、提供者である彩乃の名前を触ってみろといわれたので、指先で触れると、霧恵の経歴の左下部に彩乃の個人情報が浮かび上がった。

提供者氏名　井上彩乃
出生　【生年月日】西暦一九八九年七月三十一日
【父】国松幸信《くにまつゆきのぶ》
【母】国松清子《きよこ》
【続柄】長女
婚姻　【婚姻日】西暦二〇一六年三月二十三日
【配偶者氏名】井上祐司
出産　【出産日】西暦二〇一七年十月八日
【子氏名】井上千晶

死亡

【死亡日】西暦二〇一七年十二月二十日
【死亡時刻】午後十時二十三分
【死亡地】東京都大田区
【届出日】西暦二〇一七年一月二十七日
【届出人】井上祐司
【死因】頭部損傷

ぎくりと体が強張《こわば》った。死因の欄に書かれてある言葉にショックを受けたのもあり、その文字が光っていることもある。この文字に触れると何がわかるのだろうか。目が釘づけとなって動かせない。伸ばした指先が震える。

皮膚が冷たいディスプレイに触れた瞬間、画面の右下部に画像がいくつも浮かび上がった。彩乃が生きていた時代ではお馴染みの新聞の縮刷版だった。さらに新聞記事を背景にして文章が浮かんでくる。

【首都圏大震災】
西暦二〇一七年（平成二十九年）十二月二十日、午後十時五分三十八秒に発生し

た、都心西部直下地震。マグニチュードは七・六。最大震度七を観測。死者・行方不明者は一万五千九百六十七人。負傷者は七万二千百五人――

甚大な被害を示す概要はまだまだ続いていたが、気分が悪くなった彩乃は斜め読みをするだけにとどめた。

死の直前、下から突き上げる衝撃に激しく体が揺さぶられ、直後に頭へ鋭い痛みが走った。たぶん家具が吹っ飛んできたのだろう。やはり地震だったのか。

家具には地震対策を施していたのに、それを打ち破るほどの揺れが起きるとは。

拳をきつく握りしめた後、彩乃は秀を見上げた。

「もういいわ。これを消すのって、いつものやり方でいいの？」

頷いた秀がディスプレイに手のひらをかざす。水平に動かせば新聞記事が一瞬で消滅した。

溜め息を吐いた彩乃は再び自分の個人情報を見つめた。井上千晶の名前が光っているのを認めて、指先を添える。

浮かび上がったデータによると、千晶は二十九歳で結婚して、三十二歳のときに双子を出産、八十五歳で死去となっていた。死因は心疾患。経歴も表示させてみたが、これだけでは娘の人生がどのようなものだったかわからない。だが長生きできたと知って、ほんの少し心が軽くなった。

あの地震のとき、意識が薄れていく中、どうか子どもだけは無事でいて欲しいと必死に赤子を胸に引き寄せた。そのまま神や仏に助けを祈りつつ息絶えたのが己の最期だ。あの瞬間の記憶は今でも覚えている。

長生きできたということは千晶は無事だったはず。それを知ることができただけでもここに来た甲斐はあった。

そこでふと疑問が湧き上がる。

「ねえ、この子の魂が移植に使われているかどうかって、わからないのよね」

「ああ、昔はわかったんだけど、さっき話したストーカー事件が多発してから調べられなくなった」

「そっか……」

なんとなくストーカーの気持ちが理解できた。愛した人がこの世に生まれ変わっているのなら、たとえ自分との記憶がなくてもひと目会ってみたいと思ってしまう。現世でも幸せになっているのかを無性に知りたい。

だが同時に、この感情は危険だと察した。愛しい人に会いたい気持ちとは、執着と同じなのだ。それは元をたどると現実逃避にぶち当たる。今の生活が不本意なものであるから、過去の優しい記憶に囚われることによって、心の平穏を保とうとしている。

彩乃は小さく頭を振って感傷を落ち着けると、視線を娘の情報から夫へと移した。祐司の光る名前に指先を伸ばす。自分にとってもっとも気になる人物は娘と夫だ。彼は妻の死後どのように生きたのか。

祐司の情報がディスプレイの右下部に浮かび上がった。それを目にした彩乃は息を呑む。自分と同じように出生と婚姻欄があり、配偶者である彩乃の名の横には死亡時の情報が載っている。次いで娘の千晶の記載。だがその後に――

婚姻　【婚姻日】西暦二〇一九年一月二十六日
【配偶者氏名】中野理江子《なかのりえこ》

「再婚、したんだ……」

心の中で呟いたはずの言葉は、無意識に声となって吐き出されていた。

まったく思い至らなかったその項目に全身が固まり、指先が宙に浮いたまま不自然な位置で止まる。その姿勢のまま、かつての夫の人生を凝視した。

なぜこんな当たり前のことを今までまったく考え付かなかったのだろう。子どもが幼い場合は、父親が一人で働きながら育てるなど難しい。周囲の協力も不可欠だが、一番いいのは再婚することだ。百年前の常識ではそれが普通に存在した。

配偶者氏名の横には子どもの名前も続いていた。男の子が二人。再婚した日よりも後に生まれているから、祐司との実子なのだろう。

……この女性はいったい、どのような人物なのだろうか。自分とかかわりのない人だというのに、強烈に知りたい衝動に突き動かされる。だが後妻の名前は光っていない。指先で何度触れても彼女の個人情報は現れなかった。

どうして、と呟く彩乃を、痛ましい表情を浮かべた秀が止める。

「移植ドナーの家族も三親等までしか閲覧できないんだ。この女性は彩乃さんの親戚じゃないだろう。個人情報は調べられない」

「だって、この人は祐司の再婚相手じゃない。私と関係ないはずがない」

反論しながらも頭の中では理解していた。かつての夫を挟んで向かい合う女は赤の他人だ。たとえ娘の継母《ままはは》になったとしても、己自身とはなんの繋《つな》がりもない。

やがて力なく両腕を垂れ下げた彩乃は唇を噛み締めた。ここに来て初めて〝知らないほうが幸せ〟の意味を嫌というほど実感する。知らないままでいたほうが、こんなドス黒い感情を抱かなくても済んだ。祐司の幸せを望むだけで、逆恨みのような苦しみを感じなくても済んだのに。

「……もう、帰ろう」

小さく呟いた彩乃の声がそれほど広くない部屋に響く。何かを言いかけた秀だが、すぐに口を閉ざして頷いた。

彩乃の実家は静岡県にあり、夫である祐司は関西の出身だった。

彼は四歳年上の兄を持つ次男で、長男は結婚して実家で父親と同居をしている。母親はすでに亡くなっており、兄夫婦は祐司が上京するのと同時に、実家を二世帯住宅に改築したと聞く。

震災後、妻を亡くして乳児を抱えた祐司は、実家へ身を寄せた可能性が高い……が、実家にはすでに居場所がないうえ、親に頼ろうとしても父親一人では乳児の世話は難しいと思う。義父には仕事があるし、兄夫婦も共働きで、おまけに三人の乳幼児を育てている。家もそんなに広くはなかった。

千晶を保育園へ入れようとしても、当時の託児事情ではすぐに入園できるとは思えない。無事に入園できたとしても、父親が保育園終了時刻までに迎えに行くことは可能なのか。やはり誰かのサポートがなくては、男一人で乳児を育てるなど至難の業《わざ》だろう。

そのため妻に先立たれた祐司は、義母、つまり彩乃の母を頼るほうが合理的だったと思う。でもそれはないと彩乃は予想する。

夫と自分の両親の仲が悪いというより、娘である彩乃のほうが実の親と不仲だったのだ。

両親はいつ離婚してもおかしくはない仮面夫婦で、お互いの関心は一人娘の彩乃だけだった。別れなかった理由は彩乃の親権をどちらも手放したくなかったことと、母親が専業主婦の座を降りたくなかっただけでしかない。二人は一つ屋根の下で暮らしながらも、赤の他人よりそっけない関係だった。

そのような家に安らぎなどあるわけがなく、彩乃が成長するにつれて両親を嫌うようになったのは自然なことだと思う。

特に母親の干渉を嫌いぬいた。母は娘の行動をすべて把握していないと気が済まない性質だったのだ。スマートフォンを覗き見したり、出かける先を追及したり、財布の中身を調べたりと、今思えば依存症だったのかもしれない。

彩乃は母親から逃げるため、自分に甘い父親へ頼み込んで九州の大学へ進学した。本当は就職も九州の企業にしたかったのだが、大学四年生になると一人暮らしのアパートへ母親が押しかけ、地元か、せめて近県で就職しないのなら自殺してやる、としつこいぐらいに脅されて断念した。父親から、母親の精神状態がおかしくなっているので帰ってこいと懇願されたのもある。それでも地元に帰るのだけは嫌だったため、東京の企業に就職して一人暮らしを選択した。何度も何度も地元に帰って来いと言われたが、それだけは聞く耳を持たなかった。

数年後に祐司と知り合い、やがて結婚を決めたが、その際も揉めに揉めた。母親が、次男である祐司に自分たちとの同居を強く望んだのだ。もちろん彩乃は頑として首を縦に振らなかった。

おかげで母親は娘の結婚式には出席しないと、親戚のすべてを欠席させるとまで喚いたものである。しかしそれで母親と縁が切れるなら構わないと彩乃が言い切ったため、渋々諦めていたが。

千晶を身ごもったときも大変だった。母親から里帰りしろと、しつこいぐらいに電話がかかってきた。もちろん着信拒否にして無視し続けた。新居に押しかけてきたこともあったが、帰宅する時間を遅くして相手にしなかった。

そんな彩乃の行動を祐司は心配していたけれど、徹底的に拒絶していたほうが彩乃にとって母親の顔を見るよりはるかにマシだった。会えば喧嘩になるとわかりきっていたから。

千晶を出産すれば産院へ毎日押しかけてきて、長時間居座っては、孫の命名も自分がするのだと主張し続けた。おかげで彩乃の体調が悪化して、母親は看護師によって病室から追い出されていた。あのときはさすがに声を押し殺して泣いたものである。

そのため産褥《さんじょく》期の体を休める期間は、決して母親を頼らず、外部の産後サービスを依頼した。彩乃の精神衛生のためにもそのほうがいいと、祐司も理解してくれた。

だから彩乃の死後、祐司が義母を頼ることはないと思う。もちろん接触を完全に絶つことはできないだろうが、あの母親に大事な子どもを任せるなど、普通の神経を持つ人間ならば絶対に選択しない。

しかし実家には頼りにくい。

生活を立て直すためにも、幼くして母を失った千晶のためにも、後妻を迎える選択は決して間違っていない。おそらく周囲の人たちも祐司へ再婚を勧めたはず。彼が妻の死後、すぐに他の女性を受け入れるほど薄情な人間ではないと知っているが、背に腹は替えられないのだ。だから彼が再婚したことを責めるつもりなどない。もとより彩乃は死んでしまったのだから責めることもできない。

そんなことを考えながら帰宅した彩乃は、仰《あお》向けでソファに寝転び、視線だけを庭へ向ける。やや高台に位置する小笠原家は窓からの眺めが良好で、晴天に恵まれた今日は緑に包まれる住宅街や北アルプスの尾根が見渡せた。

東京の街並みと異なる、雄大な自然が身近にあった。開け放たれた窓から入り込む風は緑の息吹を含み、目を閉じて肺いっぱいに清浄な空気を吸い込めば、体内が浄化されるような気がする。それでもこの心に巣食う黒い虫が消えることはなかった。

涙が一滴、彩乃の頬を伝ってソファへ染みを作る。

夫はどんな思いで妻の死を受け入れたのか。どんな気持ちで再婚したのか。娘は幸せだったのか。継母との関係は良かったのか。戸籍のような情報として表示された人生の中には、どのようなことがあったのか。

知りたいと激しく願う。でもそれを知る方法は永遠になくて、決して答えの得られない問いを生きている限り抱き続けるしかない。

……生き返りたくなかったと切実に思う。震災が起きたときに己の人生が終わったなら、そこで何もかも消滅したかった。それかせめて人格が消えた真っ白な状態で生まれ変わりたかった。

この時代の魂の移植とは、人の心を殺す仕組みだと強く思う。子どもに移植されれば人格は破壊され、大人に移植されれば精神が蝕《むしば》まれる。一度死んだ者には人権もないのかと、クッションに顔を埋めて呻き声を押し殺した。

しばらくそのまま荒れ狂う感情を抑えていると、コトリ、と小さな音が近くから聞こえてきた。すぐそばに気配も感じる。クッションから片目を出して窺《うかが》えば、床に腰を下ろした秀がこちらを見つめていた。彼の背後にあるテーブルにはガラスの小鉢が置かれており、濃い山吹色の塊が輝いている。その色合いとなめらかな質感に反応した彩乃は思わず顔を上げた。

「あれって」

「あ、やっぱり好きか？　マンゴーだよ」

「本当？」

大好物を差し出されて反射的に勢いよく体を起こし、直後に我に返った。これではまるで目の前へニンジンをぶら下げられた馬ではないか。

だが秀はほっとしたような表情で腕を伸ばすと、小鉢に小さなフォークを添えて彩乃へ差し出した。

「情報図書館の帰りに寄った果樹園で買ったんだ。完熟しているそうだから、旨いと思うよ」

この近くにある果樹園では、巨大温室でトロピカルフルーツを生産し、全国へ出荷していると教えてくれた。しかしそこで疑問が湧き上がる。

「ねえ、長野県でマンゴーって作れたの？」

「百年前は作れなかったのか？　今は北海道を除けば全国で作っているぞ」

霧恵の脳からも情報が流れ込んでくる。この時代は温暖化が進んだため、四季が失われて久しい。豪雪地帯であった安曇野市は冬季に雪こそ降るものの、豪雪と呼ぶほど積もることはない。その変化を利用して様々な農作物が作られていた。

この地域に限らず、日本全国の農業就業人口は、百年前と比べると十倍近くまで増加している。ただし旬はほとんど存在しなくなっているのだが、現代の人々はそれほどこだわっていない。

彩乃は大好きなマンゴーのとろりとした舌触りと濃厚な甘みを楽しみながら、次々と果肉を口に運ぶ。国内産の完熟マンゴーなど高すぎて買えなかったので、いつも外国産冷凍マンゴーを食べていた。それでもそこそこの値段はするため、頻繁に口にすることはなかったが。

秀にマンゴーの値段を訊いてみると、そんなに安いのかと驚嘆するほどの数字である。電子食品カタログには果物のページが入っていなかったので知らなかった。未来とは、自分の知る日本と細かい部分で異なるものだと実感する。

これからは自分で買いに行こう。心の中で拳を握ったとき、ふと疑問が湧いてくる。なぜ自分がマンゴー好きであることを秀は知っていたのか。しかし先ほど彼が「やっぱり好きか?」と呟いていたので、これはもともと霧恵の好物だったのかと思い至る。

それよりも先ほどまで死にたいぐらいの苦しみで泣いていたのに、好物を差し出されたとたんに機嫌が直るなど、自分はなんて現金な人間だろうか。情けない。己の悩みなどマンゴー一個分の価値しかないようだと自嘲の念に駆られる。

もぐもぐと美味しいマンゴーを咀嚼《そしゃく》しつつ落ち込んでいると、秀が遠慮がちに話しかけてきた。

「なあ、来週の休みにちょっと遠出しないか」

「どこへ?」

「岐阜県。霧恵の伯母《おば》さんが住んでいるんだ」

おや、霧恵さんに親族がいたのか。と、意外な思いを抱く。彼女は十代の頃にたった一人の親を亡くしているから、なんとなく天涯孤独のような気がしていた。

彼女の記憶を探ってみると、朧気《おぼろげ》に中年女性の影が浮かび上がってきた。

「ああ、霧恵さんのお母さんのお姉さんなのね」

「そう。君の娘さん、千晶さんだったっけ？　その人が産んだ双子の一人だよ」

驚いて秀の顔を凝視する。彼もまた、彩乃をじっと見つめていた。

「もしかしたら君の旦那さんのことも覚えているかもしれない。伯母さんにとってお祖父《じい》さんにあたる人だからね。千晶さんは伯母さんの母親だから、思い出話も聞けると思うよ」

そんなことなど考えもしなかった。彩乃は呆然としてしまう。自分が霧恵の曾祖母だと聞かされていたが、己の曾祖母は生まれる前に亡くなっていたこともあって、霧恵との関係も実感がなかった。彼女と自分の容姿が似ていないのも一因だろう。百年先もの未来に生まれた子孫など、他人と同列に考えていた。

だが霧恵の伯母なら、その母である千晶のことを必ず覚えているはず。

「会いたい、すごく会いたいわ、その人と。連れて行ってくれる？」

「もちろんだ。連絡してみるよ」

そこで立ち上がろうとした秀を、彩乃は咄嗟《とっさ》に止めた。

「あの！」

「ん？」

「なんでそんなことをしてくれるの？　その、私の子どもとか夫だった人のことを知ろうとしているのに……」

すると秀は、なんだそんなことか、とでも言いたげな表情でテーブルを指差した。

「彩乃さんのことをよく知るためだけど、まあお詫びだよ。ちゃぶ台返しまでさせちゃったからな」

そのことはもう言わないで欲しい。彩乃は顔を赤くして俯いた。

§

百年後のこの時代には新幹線が存在しない。代わりに〝エヴァポーター〟と呼ばれる超高速移動システムが長距離移動の際に利用されている。高架に設置されたチューブ管の中を、円柱状の車両が高速で行き来する交通手段だった。人、または人を乗せた車ごと移動するエヴァポーターは、時速九百キロで走行する。そのため長野県から岐阜県までの約二百キロもの距離を、わずか十五分で結ぶのだ。

文字通り「あ」っと言う間に岐阜駅へ着いた彩乃は唖然とした。リニアモーターカーよりも速い乗り物など信じられない。
未来の技術って凄い、と何度目かわからないほど感心する。しかもこのエヴァポーターの高架チューブ管の外観は、子どもの頃に読んだSF漫画に登場する未来の乗り物とそっくりだ。おのぼりさんのごとくキョロキョロと周囲を見回す彩乃を、秀は笑って眺めていた。

今回の岐阜県行きは梢を同行させず、秀と二人きりでの旅となった。目的地へはエヴァポーターを利用するだけなら十五分しかかからないが、岐阜駅からさらに車で移動するため一時間以上かかる。往復で三時間半。霧恵の伯母、武田春奈《はるな》と話をするだけの目的で赤ん坊を長時間連れ回すのは忍びなく、レナに任せることにした。

春奈の家は関《せき》市《し》板取《いたどり》と呼ばれる集落にある。車から眺めるその土地は、板取川に沿っていくつかの集落を成す小さな山間の村だった。あちこちにある観光ヤナののぼりが、湿った風になびいている。百年後の現在でもヤナは健在のようだ。また、今の時期はあじさいの開花と重なっているのか、あじさい祭りのポスターも散見される。

鮎、食べたいかも。彩乃は脳内でよだれを垂らしながら、ぼんやりと川を眺める。

カーブの多い川沿いの道を北上していくと、やがてたどり着いたのは小笠原家と同じログハウス風の一軒家だった。彩乃は秀の顔を見上げて尋ねてみる。

「秀さんちがログハウスなのって、霧恵さんの希望だったりする？」

「まあな。でもこの家を訪れたとき、すごくいい感じの造りだったから、俺も気に入ったのが決め手だ」

ふうん、と納得した表情で頷いておいたが、おそらく霧恵の意向を秀が全面的に受け入れたのが本当のところだろう。彼とは短い期間の付き合いではあるが、なんとなく霧恵にベタ惚れして結婚にこぎつけたイメージがある。

そして秀は意外にマメな男だ。ちゃぶ台返しをして怒り狂うまで取り付く島もないほど他人行儀であったが、今では自分のために何くれとなく力になってくれる。

今回の訪問も、霧恵の伯母へ事情を話してアポイントをとってくれたし、最近は仕事の帰りに彩乃の好物の果物を買ってきてくれる。正直に「ご機嫌伺い」と小さく笑いながら渡してくれるのだ。それを嫌味と思わせない彼の雰囲気だった。

その秀の広い背中について行くと、アンティークなドアから初老の女性が顔を覗かせた。その容姿を見て思わず、「あっ」と声を上げてしまう。女性の視線が彩乃を捉えた。

「霧恵、久しぶりね！　元気だった？」

嬉しそうな表情を顔全体に浮かべる女性の言葉を、彩乃は彼女を見つめたまま聞いていなかった。私に似ている、と驚いたのだ。

自分と霧恵の間に血の繋がりをまったく見いだせなかったのに、その女性は生前の彩乃の面影を残していた。隔世遺伝なのか、それとも娘の千晶が彩乃に似ていて、その外見を引き継いだのだろうか。間違いなく己の身内であるとの実感が胃を熱くする。

しかし反対にその女性のほうは、彩乃が返事もせずに見つめてくることで事情を思い出したらしい。困惑気味の視線が秀へと向けられる。

「そうか……もう霧恵じゃないんだったわね」

「はい」

秀を見つめる春奈の眼差しが地面へ落とされる。ここへ来るまでに秀は、彼女について大まかに教えてくれていた。霧恵が高校三年生のときに母親を亡くしたため、大学へ進学するまでの数ヶ月間だけ共に暮らしたことや、独身の春奈は姪の霧恵を我が子のように可愛がっていたことを。霧恵がルドング病に罹患して魂の移植をする前にも、別れを告げに長野県を訪れていた。

霧恵の人格はもうこの世に存在しないと理解した彼女の落胆を、彩乃はどう受け止めていいかわからずに俯いてしまう。そんな彩乃の頭頂部へ「おいで」と秀の声がかけられて、のろのろと中へ入った。

内部は小笠原家と同じような造りの家屋だったが、年季が入っているせいか全体的に木の色が濃くて飴色の輝きがある。ただ、かなりごちゃごちゃと物があふれており、家は広いのに手狭な感じがした。家主は片づけることが苦手なようだった。

一枚板で作られたテーブルにつき、春奈から振舞われたアイスティーを飲みつつ、そっと彼女の顔色を窺う。相手は秀へ話しかけた。

「久しぶりね、秀さん。霧恵のお見舞いに行ったとき以来だわ」

「そうですね、ご無沙汰しております」

「まったくよ。まあ霧恵だって研究にのめりこんで滅多に帰ってこなかったからね。あの子ったらせっかく引き取ったのに東京の大学へ行っちゃうし、ほとんどここへ顔を出さなかったし……」

愚痴が延々と続きそうだったので、秀は彼女の独り言を止めると彩乃を紹介した。そこで春奈はようやく彩乃がいることを思い出したかのように、「ああ……」と呟いてから目を合わせてきた。

「はじめましてと言ったほうがいいのよね。霧恵の伯母の武田春奈です」

「あ、はじめまして。井上彩乃です」

あなたの祖母になります、とはとても言えなかった。彩乃の意識は二十八歳なのに、六十四歳と聞いている孫の春奈は、その年齢に相応《ふさわ》しい外見だ。それは春奈のほうも感じていたのか、苦笑を浮かべている。

「秀さんから詳しい話は聞いているわ。私のお祖母《ばあ》さんとか」

でも、と彼女の顔つきが申し訳なさそうなものに変化する。

「正直なところ、私の祖母はあなたじゃ……井上さんじゃないわ。お祖父さんの先妻さんとしか思えない」

物事をオブラートに包んで話す性質ではないのか、それとも彩乃の心理を察することができないのか、初っ端から残酷な事実を告げてきた。

「母とお祖母さんが義理の関係だとは知ってたけど、詳しいいきさつは聞いたことがないわ。だってお母さんとお祖母さんって仲が良かったもの。本当の親子だと思ってた。本人たちもそう思っていたはずよ」

「……」

「そりゃあ、赤ん坊の頃から育てていれば当たり前よね。お祖母さんも情が湧くだろうし、母は井上さんのことなんて覚えていないし。だから申し訳ないけどあなたのことはよくわからなくって」

彩乃が無言で俯いたまま微動だにしないので、見かねて秀が助け舟を出してきた。

「あの、伯母さん。今日は彩乃さんのことを訊きに来たわけじゃなくって、霧恵のお祖母さんのことを教えてもらいたいんですが……」

「あら、そうだったかしら。いやぁねえ、年を取ると忘れっぽくって」

カラカラと陽気そうに笑う春奈は紅茶を一口飲んで唇を湿らせてから、俯いている彩乃を平坦な眼差しで眺める。

「母が死んだとき、形見分けでアルバムとか思い出の品を、妹と分けて引き取ったの。妹が死んだときに彼女の遺品と一緒にすべて回収したわ。二階の物置部屋にあるから好きなだけ持っていっていいわよ」

千晶や祐司の思い出話を聞かせて欲しいと伝えてあるはずなのに、春奈は彩乃と話をするつもりはないようだ。隣に座る秀から困惑する雰囲気が漂ってくる。顔を上げてみれば、目が合った春奈の表情が舌なめずりをしそうな顔つきに変化する。まるで猫が巣から落ちた鳥の雛《ひな》を見つけたような表情だ。

「でも井上さんは見ないほうがいいんじゃないかしら」

「……どうしてですか？」

「だってアルバムには母と祖母が仲良く写っている写真が多いし、祖母と祖父のツーショットもあるし。ショックじゃない？」

「……」

「母は両親の写真をたくさん保存していたけど、その中に井上さんが写ったものはなかった気がするわ。井上さんは先妻さんだからかしらねぇ」

「――素晴らしいです」

「は？」

春奈の無神経な台詞がようやく止まった。これ以上聞いていると耳が腐りそうだったので、心の底から助かった。

自分が放つ喧嘩腰の気配を察してか、秀が一枚板の天板を両手で押さえている。再びテーブルをひっくり返されると思ったのだろう。

失礼な、と思ったが彼へは何も言わず、真正面の女を見据えた。

「あなたのお祖母さんは本当に素晴らしい女性です。子持ちの男と結婚して、しかも相手の連れ子を我が子のように育てたなんて。よほど出来た女性なのでしょう。そう思いませんか？」

「え、ああ、そうね、もちろん」

「そんな女性に育てられた千晶も心の清らかな人間に育ったでしょうね。私も嬉しいわ。きっと千晶が産み育てた子どもたちも、とても素晴らしい女性になったはず」

「あ、ええ、まあ……」

「間違っても人の心をもてあそぶ馬鹿にはならないでしょう。親の教育を貶《おとし》めるような、ひいては千晶の育ての親の品性を疑わせるような言動などしないでしょうね」

ここまで言ってようやく春奈も彩乃の言いたいことを理解したらしい。愛想笑いがムッとした表情に変わる。

「失礼な言い方じゃありませんか。私は別にあなたを悪く言った覚えはありませんよ」

「あら、私も悪く言われた覚えはありませんよ。ただ、あなたのルーツである、あなたの母親や祖母がどれほど素晴らしいか褒め称《たた》えただけです。出来た人間の血を受け継ぐのなら、子孫は人格者にでもなるのかと、あなたを観察していただけですよ」

「ちょっと！　どう聞いても悪く言われているとしか思えないわよ！　大体ルーツって言ったら私の祖母はアンタでしょうが！」

「武田さんは先ほど私を祖母じゃないと言い切ったじゃないですか。それに私を祖母にしちゃったら、あなたの素晴らしいお祖母さまとやらはどうなるんです？　消えちゃいますよ」

ここで青い顔をした秀が勢いよく立ち上がり、テーブルに身を乗り出した。

「伯母さん！　二階にある遺品を見せていただいてもよろしいでしょうか！」

春奈は冷や汗を垂らす秀を一顧だにせず、「好きにすれば」と言い放ったため、秀は彩乃の両肩を鷲掴《わしづか》みにして二階へ続く階段へ押していく。途中で彩乃が、「痛いんだけど」と文句を告げても返事はない。

物置と思《おぼ》しき部屋の扉を開けて、中が間違いなく物置であるとわかった彼は、彩乃を押し込んでドアを閉める。両手を膝について前屈みになり、肩で息をしていた。

「秀さん、大丈夫？」

「……禿《は》げるかと思った」

それは一大事だ、禿げたら魅力が半減してしまう。頭の頂点にある抜け毛防止のツボを人差し指でぐりぐりと圧迫すれば、なぜか彼は疲れたような溜め息を吐いた。

その後、秀と共に乱雑に積まれている段ボール箱やお菓子の空き缶から、アルバムの類を取り出して空箱に詰めていく。

遺品の数は多いが、現像した写真を収めるアルバムは少なかった。ほとんどが記録メディアで、それらを保護する透明ケースの一つには、〝2019/12/24～〟と油性ペンで書かれていた。撮影した時期を漠然と把握できるが、その内容量は膨大だと予想できる。

秀が溜め息混じりに、旦那さんも写真好きなのかと呟いている。

やがて欲しい物を一つにまとめて二人が一階へ下りると、春奈はリビングで仏頂面を隠しもせずニュースチャンネルを眺めていた。彼女の背中へ秀が声をかける。

「伯母さん、アルバムをお借りしていきます。ありがとうございました」

「千晶の写真をお借りしていきますね。返すときは郵送でよろしいですか」

「……返さなくていいわよ」

不機嫌そうな声が返ってくる。母親の写真なのに要らないの、とはさすがに聞かず、これ以上は係わり合いになりたくなかったので、礼を告げておいとました。

帰りの車中で秀はぐったりとした表情でシートにもたれていた。少し眠ったらと声をかければ、自走車でも運転手は眠ってはいけないとの答えが返ってくる。トラブルが発生した場合は運転手による手動操作へ切り替わるため、居眠り運転の罰則はいまだに存在するという。

「悪い、手を握っててくれないか。俺が眠ってしまったら力を入れてくれ」

「いいけど……」

それならば運転手役を替わるか、お喋りでもしていればいいのではと思ったが、大人しく大きな手のひらを握っておいた。彩乃は前方の景色を眺めながら、自分の孫だといういけ好かない老婆を思いだしてみる。

完全に舐められたようだ。姪の霧恵の姿をしているから仕方がないとはいえ、彩乃の対応が目上の人に向ける態度だったために、小娘と捉えて自然と態度が大きくなったのだろう。腹立たしくて不愉快な対面だった。

それでも春奈の瞳や口調に、哀しみが混じっていたことには気がついていた。性悪であるけれど彼女なりに姪っ子を愛していたのだろう。その姪がよその女の人格で現れたら、事情を知っていても混乱することぐらいは理解できる。

彼女にとって彩乃は、可愛い姪の体に寄生する害虫なのかもしれない。

——間違いなく私の血筋ね。

皮肉っぽい笑みが顔に浮かぶのを止められなかった。春奈という人間から自分の母親を思い出したのだ。人を傷つけて平然とする態度や、相手を遣《や》り込めることを好む性質や、相手の気持ちをまったく察しようとしない性格がそっくりだ。

あと、今回の訪問で気づいたこともある。なぜ秀に言われるまで、霧恵の伯母という近親をまったく思い出さなかったのか、その理由を。自分にとって孫である人なのに。

ウトウトしかけている秀の手を強く握り声をかける。

「秀さん」

「あ？」

「さっきの伯母さんのことなんだけど、霧恵さんってあの人のことを嫌っていたんじゃないの？」

秀は否定も肯定もしなかったが、気まずそうに視線を逸らしたことで、自分の予想が正しいことを悟った。

母親を亡くしてあの家に引き取られた霧恵が、わずか数ヶ月で家を出て一人暮らしをした。志望する大学が東京にあって遠かったのが理由らしいけど、おそらく霧恵は春奈から逃げ出したかったのだろう。

ほとんど顔を出さなかったとぼやく、春奈の歪んだ表情を思い出した。自分が霧恵の立場でも、あんな親戚に管理されるのは御免だ。霧恵の脳内を探せば、想像とそれほど変わらない記憶が出てくると思う。

彩乃は秀の端整な横顔へ視線を向ける。霧恵が苦手としていた春奈のことを、彼はどう思っていたのだろうか。妻に対する愛情の大きさから鑑みると、いい印象を抱いていたとは思えない。だが彩乃のためにそのような態度などおくびにも出さず、ここまで連れて来てくれた。ありがたいと素直に感じる。

ふと、こういうところが誰かに似ていると思ったとき、かつての夫を思い出した。彼もまた、実母を毛嫌いする彩乃に代わって彼女へ連絡を取るなど、緩衝役《かんしょう》になってくれたものだ。気性の激しい女二人に挟まれて気苦労も多かっただろうに、いつも妻のために嫌な役を買って出てくれた。

霧恵は自分の子孫であるから、男の好みも似通っているのだろうか。不思議な気持ちを感じつつ、感謝の気持ちを込めて秀の手に包まれた己の指先へ力を入れる。

「なに？」

「ん、別に」

岐阜駅へ着くまで、ずっと眠りそうな秀の手を握っていた。


長野県の自宅へたどり着いた彩乃は、さっそく段ボール箱をひっくり返してアルバムを取り出した。が、百年前のアルバムは保護フィルム同士がくっ付いており、無理に引っぺがせば破損しそうな状態だ。台紙も反り返って、一部のアルバムにはカビが繁殖していた。

中身を傷つけないよう慎重にぺりぺりと開いてみれば、貼り付けてある写真は保存状態が悪いせいか、退色して消えかけているものが多かった。だがそれでもどのような状況で撮影したかはすぐにわかる。視界に飛び込んできた少女の姿に目が釘づけとなった。

ランドセルを背負った女の子が、〃入学式〃との立て看板の前ではにかんでいる。祐司と並んで写っている写真もあったから、これが千晶だとわかった。食い入るように娘の姿を見つめる。

親の欲目に見ても可愛い子どもだった。髪を長く伸ばして黄色い帽子を被った娘の姿。あのときの赤ん坊はこんなふうに成長したのかと、感動で涙が滲むようだった。次々と台紙をめくっては、知ることができなかった我が子の成長を目に焼き付ける。

いくつかの写真には後妻らしき優しそうな女性も写っていた。千晶とのツーショットでは、子どもは甘えるように母親のスカートをつかんで笑っている。後妻が産んだ息子たちとのスナップも混じっており、千晶は優しいお姉ちゃんになっているようだった。ここにある写真だけで、家族の仲が良好であったと察せられる。

そのことを喜ぶ気持ちと、妬《ねた》ましく思う複雑な気持ちが胸中で渦を巻く。本当ならこの写真に写っていたのは私なのに、と叫び出したい衝動が鎌首をもたげる。後妻には感謝こそすれ、恨むようなことは何もないのに。

理不尽な気持ちが己の心に傷をつけるようで、何も考えないようにして千晶と祐司の姿だけを目で追った。

その最中、他のアルバムを開いていた秀が驚いた口調で話しかけてくる。

「この人って千晶さん？　それとも彩乃さん？」

「え」

差し出されたページの写真は全体的に赤みがかり、見えにくくなっているものの、新生児を抱いた女性の姿であるとわかる。それを見る自分の瞳が見開かれるのを感じた。

千晶を産んだ直後の己の姿がそこにあったのだ。死ぬまで何年も鏡で見続けていた、本来の自分が存在している。

「私だわ……」

「やっぱりそうだよな。千晶さんは双子を産んだはずだけど、どう見ても赤ん坊は一人のようだから」

彩乃は秀の言葉を耳にしながら、ほとんど聞いていなかった。夢中でカビ臭い台紙をめくり、失われた自分の姿を舐めるように見つめる。

この時期のことは今でもよく覚えている。小さな赤子を初めて抱いたときの感動や、祐司の喜ぶ顔。慣れない赤ん坊の世話に幸福な疲れを覚えた。それはこの時代だと百年も昔になるのだが、彩乃の感覚ではほんの少し前でしかない。貪るように何度も見返す。

しかしそのうち、虚しさに心を侵食された。記憶はこんなにも鮮やかなのに、現実の写真はこれほどまで劣化している。井上彩乃とは、間違いなくこの世界における死者であり、過去の人間だと実感させられた。

涙が零れそうになって洟を啜り、静かにアルバムを閉じる。もう自分の姿は見たくない。

残るアルバムのうち、もっとも保存状態がよく装丁が立派で、ケース付きの一冊を手に取った。ハードカバーの表紙を見て、それが千晶のウェディングフォトアルバムだと悟る。黒色を基調とした分厚い表紙をゆっくり開くと、思わず驚愕の声が漏れた。

「うわぁ、綺麗」

「本当だ。材質がよかったんだな」

確かに、つるつるとした表面は硬質の素材で覆われており、劣化の様子がまったく見られない。他のアルバムとは雲泥の差だった。

千晶が結婚した頃というと、今から七十年ほど昔になる。だがその歳月を感じさせない、美しく高品質な色彩が残っていた。デザインも凝っており、お金をかけたのだと察せられる。

色鮮やかなアルバムの中身は花嫁の支度から始まり、教会での式の様子や集合写真も収められていた。人生の晴れ舞台に臨む千晶はとても美しく、とても幸せそうで、夫となる男性も頼りがいがあるように感じた。写真だけではなんとも言えないが、それでも娘の幸福そうな笑顔を見れば、親として嬉しく思うものだ。

しかしここでも複雑な想いが胸の奥で蠢《うごめ》く。新郎新婦と両親との家族写真では、当たり前だが新婦の両親として祐司と後妻が並んで写っている。当然の光景を素直に受け止められないのは、まだこの現状を受け入れていないからだと思い知った。悔しさと切なさ、己の醜さをまざまざと感じて涙が滲む。

「彩乃さん、データのほうも見てみようか」

涙目に気づいたらしい秀が、さりげなくウェディングアルバムを彩乃の手から抜き取ってケースにしまった。彼はそれ以上、何も言わずにテレビの電源を入れる。レナが記憶メディアを読み取る特殊カードリーダーを持ってきた。

それは手のひらサイズの平べったい正方形の箱で、ガラス状の蓋を外すと底の浅い窪《くぼ》みがある。十二センチ四方の窪みに記憶メディアを入れて蓋をすれば、データを読み取ってくれるらしい。まずメディアの保護ケースに書かれている、撮影日時の古いものから再生していった。

しかし残念なことに、ほとんどのデータは失われていた。

秀は、こういった記録媒体は保持期間も寿命もあるため、こまめに新しいメディアへデータを移さないと消滅すると話す。

半永久的に保存できると勘違いしていた彩乃は驚いた。がっくりと肩を落とす彼女を慰めるように、秀が頭部を撫でる。

「でも新しいものは無事じゃないかな。これとかどうだろう」

光学ディスクの一枚を選んでカードリーダーへ入れ替える。保護ケースには〝2089/11/19〜〟と書かれていた。何が入っているだろうかと、若干の期待と諦めを抱きながらテレビを見つめる。だがやはり、リーダーはディスクを認識してくれなかった。いくつか取り替えては再生を試みるのだが、エラー表示が出てくるばかりだ。保存状態が悪かったのだろう。

再び肩を落とす彩乃へ、秀は「もしかしたら復旧できるかもしれない」と告げて、手首の携帯電話を外すといずこかへコールをした。この時代の携帯電話は様々な形状が存在しており、秀はリストバンド型のものを使用している。柔軟性がある薄手の帯状の機械で、畳むとカード型携帯電話に変身するタイプだ。

視線を彼の背中からテーブルの記憶メディアへ移した彩乃は、小さな溜め息を吐いた。

データは山のようにある。これをすべて復元しようとすればかなりの時間とお金がかかるだろう。もったいないうえに、今の自分にはそこまでして千晶の姿を見たいとは思えない。

この写真の中にいる将来を誓い合った夫と、己の腹を痛めて産んだ娘は他人なのだと思い知った。二人が含まれる家庭の中に自分が入る隙間はない。こうやって思い出を見ることさえ罪ではないかと思ってしまう。

「彩乃さん、俺の知り合いにデータの復旧が得意な奴がいるから、頼んでみるよ。ちょっと時間がかかるそうだけど」

「でも、これだけの量を頼むなんて申し訳ないわ」

秀は笑って、そんなこと気にしなくていい、と言ってくれた。しかし今の彩乃は、データに対する情熱が急速に失われていくのを感じていた。

§

現代の雨期は霧雨が立ち込め、ときどき晴れ間が覗くという涼しい気候だった。梅雨に似ているが、それよりも過ごしやすい。

体感温度が上昇し、蒸し暑さを感じるようになると、長い雨期が終わる合図となる。雨が止めばいきなり暑さの厳しい盛夏だった。

四季が失われた現在ではあるが、長野県は気温の年較差《こうさ》・日較差が大きい気候であることに変わりはない。そのため避暑地として人気があるのは、百年経った今でも同じだった。県外のナンバープレートを付けた車をよく見かけるようになる。

彩乃は雨が止むと、さっそく早朝ランニングを開始した。もともと体を動かすことが好きな性質で、雨期の間は室内でヨガを欠かさなかった。

家の中にこもっていると後ろ向きなことばかり考えてしまうから、これ幸いと外へ飛び出す。

しかし困ったことに霧恵はインドア派らしく、体が硬くて筋肉もさほど多くない。走り始めるとすぐに息が切れて横っ腹が痛みだした。彩乃として生きていた頃からは考えられないほどの惰弱《だじゃく》っぷりだ。

——霧恵さん、いくら研究職だからって、体力なさすぎ……。

室内ストレッチをしているときから、この体は柔軟性が低いなと思っていたが基礎体力も少ないようだ。走る意欲はあるのに体がついていかない。

仕方なく散歩に切り替えることにした。早朝はとても涼しくて、歩いているだけでも気持ちがいい。

そよ風に頬を撫でられつつ気分よく歩いていると、背後から「小笠原さん？」との声が聞こえた。それが霧恵の名字だと、つまり今の自分の姓だと理解するのに数秒かかった。慌てて振り向けば、大型犬を連れた、自分より少し年上らしき女性が笑みを浮かべている。

「おはようございます。ジョギングなんて珍しいですね」

どうしよう。相手の笑顔や親しみのある口調から、霧恵の知己《ちき》だと思われる。けれど焦っているせいか脳内検索がうまくできない。この女性が誰なのかを脳が答えてくれない。

ただ、「小笠原さん」と呼びかけたうえに敬語を使うところから、友人ではなく知り合い程度の人だと思われる。仕事仲間なら霧恵の中身が変わっていることを知っているはずだ。

近所の人かもしれないと見当をつけた彩乃は、頑張って笑みを浮かべて会釈をする。

「おはようございます。雨が止んだから、ちょっと走ってみたくなって」

「そうなんですか。以前、体を動かすのは苦手だとおっしゃっていたから、驚きました」

やっぱり苦手なのか、霧恵は。

「まあ、たまには……」

「そういえばしばらくお見かけしませんでしたが、ご旅行にでも？」

「あ……、はい、まあ」

曖昧に頷きながら、秀は霧恵の身に起きたことを近隣には言っていないことを察した。まあ当然か。

「コータも小笠原さんに会えなくて寂しがっていたんです。可愛がってくれる人が大好きで」

と、女性は話しながら大型犬の頭を撫でる。犬の名前はコータというらしく、どうやら霧恵は犬好きのようだ。

しかし彩乃はそれほど得意ではない。犬と目が合った瞬間、無意識に後ずさってしまう。小型犬なら愛らしいと思うのだが、ここまで大きいと恐怖心を抱いてしまう。おまけに犬種がドーベルマンだから、顔つきが凛々《りり》しくてよけいに怖い。

なのに犬のほうは霧恵に懐いているせいか、ふんふんと鼻息を荒くしながら近づいてくる。さらに手の甲をベロッと舐めてくるではないか。

「きゃっ！」

その近さと生暖かさに思わず飛び上がった。

「コータ！——ごめんなさい、噛んじゃいました？」

「い、いいえ！　ちょっとびっくりしただけで……」

「そうですか。小笠原さんは犬好きなのでいつも止めなかったんですが、ごめんなさい」

「……あの、今朝は急いでいるので失礼します」

足早に自宅の方向へ歩き出す。背中に女性の視線を感じたが、振り向かず一目散に家へ向かった。

そのドーベルマンの飼い主とは、朝のランニングの際に出会うことが多かった。

霧恵は社交的な性格なのか、近所の人々との交流は欠かさなかったようだ。しかし彩乃はどちらかというと群れるのが好きではない。何度か話しかけられたものの、いつも犬を連れているのもあって、当たり障りのない会話をするだけで切り上げた。この時代の地域の話がよくわからないというのもあった。

そのうち向こうもお喋りを控えて、会釈程度にとどめてくれたので助かった。

しかし数日後の夕方、やや涼しくなった時刻に梢を連れて散歩をしているとき、異変を感じた。

ドーベルマンの飼い主を含む数人の女性が、道端で立ち話をしていた。この時代でも井戸端会議は健在なのかと、彩乃が感心しつつ会釈をして通り過ぎる。そのとき。

「――違う人間だなんて、気味が悪いわね」

ひそめた声を捉えた彩乃は、反射的に振り返ってしまった。

彼女たちは彩乃の視線を受け止めて、気まずそうな表情で立ち去っていく。それでも好奇心からか、ちらちらと振り返っては何かを囁《ささや》き合っていた。

彩乃は自分の顔から血の気が引いていくのを感じた。

今のは誰のことを言っているのかと己に問いつつも、間違いなく自分のことを言っているのだと悟っていた。……ショックだった。秀とぶつかり合ったときよりもはるかにショックだった。彼は妻が別人になったことに対して、悲しんではいたが蔑《さげす》んだりしなかった。でもあの女性たちの表情や眼差しには、明らかな侮蔑と嫌悪が混じっていた。

まるで、自分たちと同じ人間ではないと言いたげな顔つき。異物を観察するかのような視線。

呆然とする彩乃は、いつの間にか歩を止めていたことにも気づかなかった。しばらくして梢が泣き出したため、慌てて自宅へ戻る。

――怖い。

よく知らない他人に悪意を向けられることが怖い。この状況は決して自分のせいではないのに、自分もまたこの運命に巻き込まれただけなのに、複数の人間から諸悪の根源のように思われることが怖い……。

これ以降、彩乃は早朝のランニングをしなくなった。梢を連れての散歩も、家の周囲をグルグルと回るだけ。

当然のことながら、彩乃の活発さが消えたことに秀はすぐさま気づいた。やんわりと問い質《ただ》されたが、素直に告げることはできなかった。

おそらく近所の人たちは、秀についても噂しているだろう。中身が別人となった妻と暮らす男へ、彼女らが好意的な感情を抱いているとは思えない。聞くに堪えない不快な内容を話しているはず。それを優しい彼に告げたくない。

頑として口を開こうとしない彩乃を、秀は髪を撫でるだけでそっとしておいてくれた。彼の思い遣りが心に染み入る。

だからこそ、この件を伝えたくない気持ちが彩乃の中で膨らみ、以後も決して話すことはなかった。

§

鬱屈とした日々を過ごす七月の上旬、復旧を依頼したデータが小笠原家に戻ってきた。三週間ほど経っているため、彩乃はメディアの存在を忘れかけていたほどだ。しかもデータのほとんどは現代の技術でも復旧不可能であったらしい。

申し訳なさそうな表情をする秀に、彩乃は微笑《ほほえ》んで、気にしないで欲しいと告げた。

しかし中には完璧に復旧できたメディアがあるという。良質の光学ディスクを使っていたおかげか、データの回収に成功したそうだ。秀はさっそくそのうちの一枚をカードリーダーへ入れる。メディアの黒いパッケージには銀色の文字が記されてあり、何かのDVDのようだった。

なんだろうと秀の手元を見つめていると、視線に気づいた彼が「千晶さんの結婚式の動画だったよ」と教えてくれた。

なるほど、プロが作った作品なので、アルバムと同様に劣化が少なかったのかと納得する。

テレビ画面にDVDを編集した企業名が出てきた後、音楽と共に結婚式の様子が流れ始めた。その姿をひと目見た彩乃は息を呑む。

写真とは違う、動く千晶が純白のウェディングドレスを纏い、父親である祐司の腕をとって、共にゆっくりとバージンロードを歩んでいる。

生きている娘と、生きている夫の姿だった。

――千晶、祐司。

気づけば涙が溢れ、はらはらと零れていた。手を伸ばせば二人に届きそうで、思わずソファから立ち上がり足を踏み出す。目の前にあるテーブルにぶつかって体が傾いだ。

咄嗟に秀が支えてくれたものの、彩乃は画面しか見ていない。呆けた様子で突っ立ったまま、祭壇へ向かう二人の後ろ姿を凝視する。

もうこの世にはいない二人に、強烈に会いたいと思った。あの動画の中に入りたいと。

——私だって娘の晴れ舞台に立ち会いたかった。赤ん坊が生まれたとき、祐司と娘の未来を語ったことだってある。この子の結婚式で、きっとあなたは泣くわねって。そうしたら、俺は結構冷静だよと言い返された。それは決して叶わない未来じゃなかったはずなのに。あの震災のとき、ほんの少し寝る位置がずれていたら私はあの動画の中にいたかもしれないのに。ほんの少しの幸運さえあれば、これほど残酷な思いをしなくて済んだのに。

力なくソファに座り込んだ彩乃は、両手で顔を覆って俯いた。秀も隣に座り直す気配がしたため、震える声を絞り出す。

「……ごめん、もう、消して」

これ以上、見ることなどできない。見れば見るほど疎外感に苛まれる。死者となった自分には仕方がないことだと頭で理解していても、こうして生きている以上、納得なんてできなかった。このまま生きていくことさえもつらい。

声を押し殺して泣く彩乃へ、秀の遠慮がちな声がかけられる。

「あのさ、これを復旧させたやつから教えてもらったんだけど……千晶さんが彩乃さんのことを話しているシーンがあるらしいんだ」

一瞬、彼が何を言っているのかわからなかった。だが数秒後、脳が意味を理解して顔を上げる。涙でぐしゃぐしゃになった顔を見た彼は、すぐに数枚のティッシュを彩乃へ渡した。そしてDVDを早送りにすると、披露宴の終盤で再生する。

花嫁が両親への手紙を読む場面だった。彩乃は自身の結婚式で親への手紙など書かなかったが、千晶はちゃんと書いたようだ。両親への感謝の言葉から始まって、続けられた内容に、視線が娘の顔へ引き付けられる。

『――私には生まれてすぐに死に別れた母がいると、中学生の頃に教えてもらいました。それからしばらくの間、生みの母はどんな人だったのかと悩む時期がありました。会いたいと思いつめたこともありました。ちょうど私も難しい年頃で、両親には迷惑をかけたと申し訳ない気持ちでいっぱいです。だけどお母さんから実母の写真を見せてもらい、赤ん坊の私を抱いたその人が、とても嬉しそうに私を見つめている姿を見て、自分はとても幸福な人間なのだと知りました。二人のお母さんに愛されているのだから』

彩乃の双眸から滝のような涙が流れ、鼻水まで盛大に垂れてきた。慌てた秀が急いでフェイスタオルを持ってきてくれる。しかしタオルは受け取ったものの、目を押さえると千晶の姿が見えないので顔の下半分をタオルへ埋めた。すると蛇口が壊れた水道のように涙が滾々《こんこん》と噴き出して、隣に座る秀が腕を上げたり下げたりと、無駄に狼《ろう》狽《ばい》している。

『――生みの母がいたからこそ私が存在するのだと、知ることができてよかったと思っています。そのことをきちんと話してくれたお母さんがいて、私は幸せ者です。二人のお母さんに感謝しています。ずっと素直になれず言葉にできなくてごめんなさい。照れくさくて言えなかったけど、お母さんたちと、お父さんを愛しています。今までありがとうございました』

「……うぇっ、ゴフッ」

「ちょ、彩乃さん大丈夫か！」

泣きすぎたため息が詰まり、しゃくり上げたときに胃の内容物が逆流してきた。ただ、胃液しか吐き出すものがなかったのは幸いである。あとタオルが口元にあったのも助かった。

苦くて酸っぱい液体を吐いてさらに涙を流していると、秀が背中を撫でながらレナへ水を持ってくるよう声をかける。

「これ、落ち着いてきたら飲んで」

だが差し出されたコップを唇へ付けた瞬間にしゃっくりをしてしまい、顎から胸元、胸元から腹部にかけて派手に濡らしてしまった。しかしそんなことなど構わずテレビ画面に映る千晶を見続けていたので、視界の端でバスタオルを持ってきた秀が天を仰いでいる。

エンドロールが流れて動画が終了した途端、我慢していた衝動が噴き上がって止められなかった。

「うわあぁ！」

タオルに突っ伏して声を出して泣き続けた。秀が動揺する気配を発している。

「……彩乃さん、着替えておいで。冷たいだろう」

慰めるような優しい声が降ってきて、ますます涙が止まらなくなった。娘の気持ちを知って嬉しいのと同時に、後妻へ申し訳ないと、すまないと初めて心から思った。

──私の家族を奪わないで。娘から母と呼ばれるのは私なのに。

自分に後妻を糾弾する権利などないとわかっていながらも、ずっと心の中で叫んでいた。本音では自分以外の祐司の妻など認められなかった。彼女もまた、妻と死別した子持ちの男との結婚に葛藤を抱いたはず。理性ではそれをわかっていながら気づかないふりをした。自分より不幸な女など認めたくなかった。

涙が枯れるまで声を出して泣き続けた。

しばらくして心が落ち着き、タオルから顔を上げたときには、胸の奥に渦巻いていたドス黒い感情はすべて消えていた。もう一度ＤＶＤやアルバムを見ても、心に闇を抱えることはない予感がする。

ふと隣に目をやると、秀がぐったりとした表情でソファの背面へもたれていた。瞼を閉じて顔を天井へ向けている。

「秀さん、ありがとう」

「……泣き止んだ？」

疲れたような声で目を開けた彼は、体を起こすと視線を合わせてくる。

「うん。ＤＶＤを見せてくれてありがとう」

「どういたしまして。確かにいい顔をしているよ」

「……目が腫れて、酷い顔じゃない？」

「まあそうだけど、ストレスを溜めてはいないようだから」

ストレスとの単語に首を傾げる。自分はそんなに憂鬱そうな表情をしていただろうか。彩乃の疑問に気がついた秀が小さく笑った。

「アルバムを見てから塞ぎ込んでいることが多かっただろ。心配した。でも大丈夫そうでよかった」

確かに結婚式のアルバムを見て以来、後妻への身勝手な恨みや妬みが消えなかった。おまけに近所の人たちの態度に傷ついて、塞ぎがちだった自覚はある。

だけどようやく前へ、先の人生へ意識を向けることができた。

「……ありがとう。本当にありがとう、秀さん」

この時代に生きる悲しみがすべて払拭《ふっしょく》されたわけではないけれど、過去への執着は少しずつ消化できるかもしれないと、希望を持つことができた。

3

暦《こよみ》は八月に入った。彩乃がこの時代に来たのは五月の半ばだから、二ヶ月半ほど経過したことになる。彩乃の一日はレナと共に赤子の世話をすることが中心だ。

梢は生後六ヶ月になろうとしており、寝返りをマスターした彼女は、自ら転がってリビングを出てしまうこともある。玄関まで移動していたことや、網戸へ近寄り蹴破ろうとしたこともあって、目が離せなくなった。それでも表情が豊かになり、心が成長していると実感できるのはとても嬉しい。

梢は「いないいないばあ」をするととても喜ぶ。特に積み木を握ることができるようになって、ときどきしゃぶったりしながら遊んだりもする。

――千晶もこんなふうに成長したんだろうな。

愛らしい姿を見て、我が子の子育てに参加できなかった悲しみを抱くが、それすら払拭させるほど梢は可愛かった。大した病気もせず元気に成長する様は、彩乃の心をずいぶんと軽くしてくれたものだ。

そんな中、秀の帰りがだんだんと遅くなっていった。仕事が少しずつ忙しくなる時期らしい。その割には朝の早い出勤時間は変わらないので、他愛ない話をする時間が極端に減ってきた。彩乃は大して気にしていなかったが、秀はそうでもなかったようだ。ある日、朝食の席で奇妙な頼みごとをされた。

「ワイナリーまで秀さんを送っていくの？　なんで？」

「車の中で話ができるだろ。最近は寝に帰るだけだから、君と話をするってことがない」

「今、話をしているじゃない」

揚げ足を取るように告げると、秀は不機嫌そうな表情になった。

「そういう意味じゃなくって、い、いっしお、に」

「あ、塩？」

食卓塩の小瓶を渡したら、「違う！　一緒にいたいということだ！」と怒られてしまった。

そういえば今はお付き合い期間だったと、ようやく思い出した。自分のほうからお互いをよく知ることが大切だと主張した覚えもある。

だが娘の結婚式の動画を見た際に激しく泣いて、涙と鼻水でぐちゃぐちゃになった顔を見られてから、彼のことをなんとなく家族か親戚のように受け止めていた。気を許したというのもあるだろう。大人になっても仲がいい兄といったところだ。

それを正直に言ってみると、秀は目に見えて肩を落とした。

「彩乃さん、俺は君を妹として見ることなんてできない」

「そりゃあ、私の体は霧恵さんだからね」

「そう、君は俺の嫁さんだ。だから君の気持ちの変化が重要だと思っている。でもすぐに旦那さんを忘れられないってことぐらい、俺だって同じだからわかる」

「秀さん、まさか動画に出てきた祐司を忘れられないの？」

「いちいち揚げ足を取るな！」

テーブルに両手を叩きつけて目を吊り上げる秀に、彩乃は笑って謝っておく。

――笑って誤魔化さなければ、羞恥のため何も話せなくなりそうだった。

一緒にいたいと真正面から告げられて、かつての夫を忘れられない気持ちも理解してくれて、嬉しいと感じる人並みの心は持ち合わせている。でも今はまだ秀を受け入れる余裕はない。死ぬ直前まで愛していた夫を、そう簡単にすげ替えることなどできない。

「ごめんなさいね。で、送っていくのは構わないけど、帰りはどうするの？　迎えに行かないと駄目よね」

「……できればそうして欲しい。それだと帰りも話ができるだろ」

その他にも秀にとってメリットがあるらしい。

勤務先のワイナリーでは発酵中や熟成中のワインの状態をチェックするため、試飲《テイスティング》を定期的に行っている。香りや味わいを確かめ、出来栄えを評価したりするそうだ。販売価格にも影響があるため、飲酒とはいえ真剣な作業になる。

だが飲酒運転は取締まりの対象だった。オートドライビングシステムであっても、居眠り運転と同じくトラブルが発生した場合は手動運転へ切り替わるため、運転席に座る人間は飲酒を禁じられていた。すると自動車通勤の秀はテイスティングに参加できない。だが彩乃がいれば運転席に座らなくて済む。

「なるほど。そういうことなら任せて」

「寝るのが遅くなるけど、いいか？」

「お昼寝すればいいもの。そのぐらい平気よ」

毎日暇だし、との言葉は胸の内にしまっておく。さっそく今日から実行しようと、残っていたトーストと野菜スープを急いで口に運んだ。

朝、夜とワイナリーへ秀を送迎する習慣を始めて数日後、研究所から連絡が入った。移植後の検査に来るように、とのことだった。

もうそんな時期なのか。彩乃は眉をひそめながらメール文を睨み付ける。魂の移植をした者は、三ヶ月後、半年後、一年後と、三回の身体検査が義務づけられていた。あの研究所へ行かねばならないとは精神的な拷問であるが、行かないと秀が心配するだろう。仕方なく梢をレナに任せて、渋々と研究所へ向かった。

研究所の入院病棟は、百年前の病院の雰囲気とまったく変わりがない。施設に入ると、待合室には十人ほどの患者が椅子に腰かけていた。ほとんどの人は子連れで、彩乃と同様に移植後の検査を受けにきたと思われる。

——こんなにもいるんだ。

自分以外の患者など誰もいないと思い込んでいたため、小さくはないショックを受ける。この時代でルドング病とは、自分の認識以上に流行しているらしい。

ふと、ある一組の親子を見て体が強張った。母親の腕の中で、三歳ぐらいの女の子が指しゃぶりをしている。子どもの表情は年齢に見合わず茫洋《ぼうよう》としており、うーあー、と喃語《なんご》をもらしていた。どう見ても外見から察せられる年齢と精神年齢にズレがある。おそらく移植を行って赤ん坊に戻ってしまったのだろう。

咄嗟に視線を逸らし、その親子から離れた椅子に座った。するとトイレに立っていたらしい女性が、生後三、四ヶ月ほどの赤子を抱いて彩乃の斜向《はす》かいに腰を下ろす。赤ん坊は機嫌がいいのか、きゃっきゃっと声をあげては、握り込んだ布製のおもちゃにかぶりついていた。こちらの患者は見た目に違和感はない。

彩乃は無意識のうちに止めていた息を吐いた。

魂の移植とは、やはり残酷な治療方法だと思う。患者の年齢が低ければ低いほど新しい人生を歩みやすいだろうが、ある程度成長した後に赤子からやり直しになれば、親としても複雑だろう。その子が生きてきた数年間の思い出を、彼らはどう処理するつもりなのだろうか。

そして大人に移植した場合、患者はどのように生きていくのだろうか。過去の記憶を持ったまま未来で生きる……自分はこれからどうすればいいのか。

現在の彩乃は引きこもりだった。以前は就職活動でもしようと考えていたが、今ではその意欲も完全にしぼんでいる。近所の人たちから奇異の目で見られたことが原因だった。

新しい職場でも、あの人たちと同じ差別的な視線にさらされるのかと考えるだけで、体が竦み動くことができない。まだまだ慣れない未来の世界で、理不尽な悪意を平然と受け流すことは難しかった。

そのとき、ざわついていた待合室の空気が大きく膨らんだような気がした。何かの期待に満ちた、明るくて温かな雰囲気に満たされるような。

保護者たちの視線が診察室へ続く廊下へ向けられる。この施設の長が、白衣を着た男性と女性、そして看護師を引き連れて悠々と歩いてくるところだった。彼は周囲から向けられる尊敬にも似た眼差しを浴びつつ、彩乃のもとへ歩を進める。

「やあ霧恵くん、元気だったかね」

「……お久しぶりです、大川所長」

その名前で呼ぶな。そう言いたかったが、相手にされないのはわかりきっていたので口をつぐむ。

それよりも彼の背後にいる白衣の女性が、こちらを睨むように見つめてくるから気になった。三十代前半と思われる彼女は敵意の眼差しで見据えてくる。

喧嘩を売られているのかと眉根を寄せたが、もう一人いる白衣の男性から、「武田、久しぶり」と親しげに声をかけられて視線をそちらへ向けた。

白衣の女性と同年齢と思われる男性が、人懐っこい笑みを浮かべて見下ろしてくる。

——タケダって霧恵さんのことよね。あの伯母さんは武田春奈だったし、霧恵さんのお母さまはシングルマザーだし。

彩乃が目を瞬いていると、事情を思い出したらしい男性は、ばつが悪そうな顔になった。

「すまん、もう武田じゃないんだったな」

彼曰く、霧恵を結婚後も旧姓で呼んでいたそうだ。ここで初めて、彼女の同僚であった有賀《ありが》だと彼は名乗った。はじめましてと頭を下げたとき、マッドサイエンティストが声をかけてきた。

「霧恵くん、今日の検査は有賀くんが担当になるから。私はここで失礼するよ」

ただ顔を見にきただけらしい初老の男は、周囲の患者たちからの熱心な挨拶に対応しながら、白衣の女性を連れて去っていった。所長とは暇な職らしい。

彼の姿が消えると、「じゃあさっそくはじめようか」と有賀と看護師が診察室へ足を向ける。彩乃はその後ろをついて行きながら彼らの背中へ声をかけた。

「あの、私のことは井上か彩乃で呼んでください。それが私の名前なので」

霧恵も武田も、呼ばれることに抵抗がある。だが看護師はにっこりと微笑み首を左右に振った。

「カルテの名前で呼ぶことは私たちの義務なんです。愛称で呼ぶわけにはいきません」

「愛称ではなく、本名で呼んで欲しいと言っているだけです」

「本名は、小笠原霧恵さん。そうですよね？」

笑みを絶やさず、頭の悪い子どもに言い聞かせるような口調で話されると、さすがに腹が立った。

――なーにが、そうですよね、だ。さすがマッドサイエンティストの部下だけあって頭がどうかしている。

心の中で罵倒しつつ反論しようとしたら、有賀のほうはあっさり頷いた。

「では彩乃さん。こちらへ」

開けられたドアには、第二研究室とのプレートがある。その文字を見て、ここは病院ではなく研究所なんだと思い出し、さらに不快な気分になった。

有賀に促されて椅子に腰を下ろした彩乃は、先ほどから疑問に思っていたことを口に出した。

「有賀先生とご一緒だった女性は、霧恵さんのお知り合いですか」

もの凄くきつい眼差しで睨まれたものだから、霧恵と仲が悪かったのだろうかと邪推してしまった。すると有賀は微苦笑を唇の端に乗せる。

「打越《うちこし》さんね。知り合いというか、武田を一方的にライバル視していたというか……」

「え、どうしてですか」

「研究テーマが似ていたんだ。しかも武田のほうが一歩先を行って、打越さんは大いに水をあけられていた。まあ彼女は武田に比べたら凡庸《ぼんよう》な研究員だからね。ずっと業績を上げていないし」

いずれこの研究所から姿を消すだろう、との言葉に彩乃は曖昧に頷く。研究職というものに馴染みがないため、学究の徒の心情はよくわからない。なので打越に対する疑問はそれ以上、口にしなかった。

その後、約一時間かけてすべての身体検査を終えると、有賀から検査以外に話があると告げられて、二階の談話室へ移動した。自販機の前に立った彼が振り返る。

「彩乃さん、何がいい？」

彼は自販機の掌紋認証画面へ手のひらを押し付けている。この時代の自販機はお金を投入せず、掌紋または指紋を読み取り、誰が購入したかを認識するシステムだ。代金は後ほど請求が来る。

彩乃は、まあお茶ぐらい甘えようかと商品を眺めた。

「あ、フルーツジュースがある。これがいいです」

未来の自販機のフルーツジュースは侮れない。果肉をすり潰したピューレを一人分ずつ真空パックで保存しており、購入ボタンが押されてからレモン水、または牛乳とミックスしてカップへ注がれる。ワイナリーまでの道のりに同じ自販機があり、仕組みを秀が教えてくれた。彼を送って自宅へ帰る途中、購入することもあった。安くて美味しい。

昼の両端を持ち上げて喜色を表していると、有賀が驚いた表情で見つめてきた。

「……なんですか？」

ニヤけた顔を元に戻せば、彼は微苦笑を浮かべている。

「いや、本当に武田とは違うなって思ったんだ」

この場面で、霧恵とは違うと言われることに奇妙な違和感を抱いた。だがジュースを手渡されたため、意識を好物へ向けた彩乃はすぐにそのことを忘却の彼方へと放り投げた。

有賀はコーヒーを選び、二人してベンチに腰を下ろす。

「それで、お話ってなんでしょうか」

「彩乃さんへというより、武田に関わる話だよ。申し訳ないが退職届を書いて欲しい。退職金は規定よりも上乗せしてくれるそうだ」

あっ、と小さな声が漏れた。今までこのことにまったく思い至らなかった。

「そっか……霧恵さんはここの研究員だから……」

「そう。今までは病気療養で休職扱いになっていたけど、今日の検査で君が武田の頭脳を活用できないと判断したんだ」

「すみません……」

ちょっと落ち込んでしまった。霧恵の体で生きているにもかかわらず、自分は彼女の優秀な脳をまったく活かせていない。彼女が学んできた知識やスキルが欠損しているとは思わないが、何かが脳と精神の繋がりを妨害している感覚があるのだ。その割には霧恵の癖を無意識のうちになぞったり、ピアノが弾けたりと不可解なことがある。何がどうなっているのか。

肩を落としていると、その様子を見ていた有賀が慌てた。

「気にしないでくれ。魂と肉体の強い繋がりを断ち切って別の人間が入るんだから、以前とまったく同じようにはならないと考えられている。ただ、それについて君に新しい仕事を紹介したい」

「仕事ですか？」

「ちょっと言いにくいんだけど、被験者としての仕事だ」

成人に魂の移植をしたケースは研究されていないため、彩乃の今後を調査していきたいと彼は話す。もともとルドング病は大人に発病する件数が極端に少なく、言い方は悪いが成人患者は貴重なのだ。しかも移植に成功した患者のほとんどが自殺しており、追跡調査がまったくできていない現状だった。

最後の台詞を聞いた彩乃は、目玉が飛び出るかと思うほど驚いた。

「そんなこと聞いていませんよ！」

「だって、言ったら不安になるだろ？」

「そ、そうかもしれませんが……だいたい、大人の患者はなんで自殺するんですか」

「君、もとの時代に帰りたいとか、この時代から逃げ出したいとか、現実逃避を考えたことはなかった？」

「……そりゃ、ありますけど、でも」

確かに生き返りたくなかったと思ったことはある。まだ秀との関係がギクシャクしていた頃や、千晶の結婚式のアルバムを見た直後など、枕を濡らした回数も多い。生きていくのがつらいと感じたことだってある。

だからといって自殺をするかというと、さすがにそれはない。一度死んだ記憶を抱えながら、再び死を選ぶ勇気も度胸もないから。

ふと、霧恵はそのことを秀へ伝えたのだろうかと疑問に思った。霧恵の魂を失ったうえに、時間を置いて肉体まで失う可能性が高いことを。

ただでさえ愛する妻が別人になってショックを受けていたのに、結局肉体まで失って移植が無意味になったら、精神的に耐えられないのではないか。霧恵はそのことについてどう考えていたのだろう。

しかし彼女の脳内を探ろうとした途端、激しい頭痛が起こって小さく呻いてしまう。まるで脳が答えを出すことを拒否しているかのようだった。

「大丈夫かい、彩乃さん」

「あ、はい……。もう大丈夫です」

痛みが生じたときと同様、唐突に頭痛は治まった。

なんだったんだ、今のは。首を捻《ひね》りつつも、有賀へ会話を中断したことを詫びる。

「なんの話をしていましたっけ」と続きを促せば、彼はすぐに語り出した。

「現実から逃げ出したいと思いながらも、君はいまだに武田の立場で生きているだろ。今までに自殺した成人患者と何が違うのかを調べたい。今後、現れるかもしれない成人患者を救う貴重なデータになるだろう。あと、これはクビにしてしまう武田への罪滅ぼしだな」

悪くない報酬が支払われると言われて、迷いが生じた。働いていない今の状況に対して、秀へ申し訳ないと思う気持ちと共に、自分の裁量で使えるお金も欲しかった。

以前、彼との関係が好転してから、生活費について尋ねたことがある。この時代は共働き夫婦がほとんどであるため、別々の財布を持つケースが多い。霧恵と秀も自分の稼ぎは自分で管理していたそうだ。しかし現在の霧恵の遺産は秀が管理している。そのため彩乃は秀の稼ぎで生活していることになっているのだが、それは言い換えるなら無一文なのだ。

それでも霧恵の預貯金を管理したいとは、さすがに厚かましくて言えなかった。

……本音では言いたかったけれど。

「あの、被験者ってどういうことを調べるんですか」

「主に心理面かな。カウンセリングが主になるんだけど……ただ覚悟はして欲しい」

「覚悟？」

「その、旦那さん……つまり小笠原さんとの生活を根掘り葉掘り聞くこともあるから」

「……」

「あと、君の生前の環境も詳しく調べたい」

「つまり私生活をさらけ出すってことですね」

「まあ、ありていに言えばそうなる」

一気に興味が失せた。とんでもないことである。やはりマッドサイエンティストの部下は同類だ。

「すみません、お断りします」

「そう言うと思ったよ。だが研究の担当は僕一人だから、君の個人情報は僕しか把握しないよ」

「一人でも嫌です。それにこれって、秀さんへも了承をとらなくてはいけないんじゃないですか」

「ああ、君が仕事を受けても旦那さんが納得してくれなかったら困るね。でもその対応策なら一つある」

いきなり有賀が身を乗り出して見つめてきた。思わず仰け反って距離を開けたが、相手はその距離を埋めようと、じりじりと近寄ってくる。

「……あの、近いんですが」

「彩乃さん、パートナーを小笠原さんから僕に替えてみないか」

「どういう意味ですか、それ」

「言葉通りの意味だけど」

有賀の説明では、研究者である自分と恋人関係になれば、彩乃の調査内容《プライバシー》は他者へ漏れないとのことだった。

研究のために、今日初めて会った女と交際する。彩乃には理解しがたい感覚に呆けてしまった。

「……この時代の人って、好きな相手と付き合うものじゃないんですか？」

目を瞬かせて驚いている彩乃へ、有賀は小さく微笑む。

「もちろん、僕だって好きな女性と付き合いたい。だから君に声をかけている」

「え？」

いきなり、霧恵のことを結婚する前からずっと好きだったと告白されて、そこでようやく我に返った。と、同時に白けてしまう。

「――お断りします」

「今すぐ返事をして欲しいとは言わないよ。ちょっと考えてみて」

「考えるまでもありません。有賀さんは私と付き合いたいんじゃなくて、霧恵さんの体が欲しいだけでしょう」

「それは小笠原さんだって同じだろ？　あの人にとって、君は武田の身代わりだ」

「その言葉、そっくりあなたにお返しします」

「まあそうかもしれないけど、それでも小笠原さんよりはましだよ。彼は君を妻の代役にしたいだけだ。だけど僕なら君を彩乃さんとして扱うよ」

　これ以上、毒を聞かされると耳が腐りそうだったので立ち上がった。ゴミ箱に紙カップを放り投げ、大きく息を吸ってから白衣姿の男を睨み下ろす。

「そんなに好きならばなぜ、霧恵さんが死んでから三ヶ月も経って声をかけるんです。それ以前になぜ彼女が結婚する前に告白しなかったんですか。あなたはただ魅力ある研究素材《モルモット》が欲しいだけじゃないですか」

　有賀が視線を逸らしたので、おそらく当たっているのだろう。彩乃は「ジュース、ご馳走様でした」と声を放って背を向ける。

　やはり研究所など来るもんじゃない。胸の奥に溜まった不快感に眉を顰《ひそ》めつつ、足早に出口へと向かえば、「退職届、郵送するから」との声が背後からかけられた。

　家に帰っても腹立たしい気分は落ち着かなかった。ストレス解消と称して大好きなマンゴーをヤケ食いする。外の熱気を遮《さえぎ》る涼しいリビングで美味しい果物を食べていると、少しずつ気持ちが落ち着いてくるような気がした。

自己暗示は重要である。と、自分に言い聞かせて、食べ物に反応して転がってきた梢と戯れる。彩乃も床へ腹ばいになり、赤ん坊へマンゴーを見せ付けた。手を伸ばしてくるが、まだ離乳食も与えていないのでもちろん食べさせない。おあずけに泣き出してしまう姿が可愛い。

するとレナから「奥サま、意地悪をスると意地悪な子になってシまいます」とロボットとは思えない台詞で窘《たしな》められた。……誰がプログラムしたのか、実に人間くさい反応である。

でも引きこもりの自分は会話に飢えていたため、彼女との他愛ないやり取りにとても救われていた。愛らしい梢と過ごすのも楽しいが、何も喋らない時間が続くと精神的に厳しい。人は他人とまったく関わらず孤独に生きていくのは難しいのだと、身に染みていた。

そんなことを考えていたら、秀からのメッセージが携帯電話に入った。彼と同じリストバンドタイプの電話を見れば、今から迎えに来て欲しいとの旨が記されている。

「レナ、秀さんを迎えに行くわ。夕ご飯は一緒に食べられそうね」

「わかりまシた。では、旦那サまがお好きなビーフシチューを作りまシょうか」

「そうね、お願いするわ」

本当によくできたロボットである。これほど優秀なロボットが生前の時代にあれば、間違いなく既婚女性の社会進出は増えていただろう。

彩乃は軽くメイクを直してから車庫へと向かう。今は二十一世紀初頭と比べて紫外線量が格段に増えているため、ＵＶカットの化粧品が欠かせない。車も車庫に入れることを推奨されている。

シャッターを全開にして秀の愛車へ近づくと、手首にはめてある携帯電話からの電波でロックが解除された。エンジンをかけるには指紋認証が必要だ。盗難防止対策らしい。

ワイナリーまでは自動運転で片道約四十分かかる。丘陵の中を走る道の両端には牧場や果樹園があり、のどかな風景が延々と続く。真夏の暑い盛りではあるが、窓を開けて取り込む空気は爽やかだった。すれ違う車はそれほど多くなく、はるか遠くに望む北アルプスの稜線は、澄み渡る青空にくっきりと浮かび上がっている。ビルに遮られることのない、ありのままの自然が三百六十度広がっていた。

近所の公園がもっとも身近な自然であった彩乃にとって、ここは天と地ほどの差だった。街の人工的な風景を見慣れていたため、この時代にきたばかりの頃は逆に落ち着かなかったものだ。しかし今では牧歌的な風景に心が癒されるようだった。

ずっとここで生きていくのも悪くない。多少は諦めの感情も混じっているが、この奇妙な現実に馴染みつつある己を自覚していた。ときどきこれは夢ではないかと、目が覚めた朝には都内の2LDKに戻っており、隣には祐司と千晶が寝ているのではないかと思う日もある。でも、それこそが夢なのだと理解していた。

今は二一一四年の八月であり、友人も知人も愛する家族さえも誰一人この世にいない。井上彩乃も存在しない。それはすでに受け入れていた。

受け入れられないならば、まさしく死を選ぶことでしか己は救われない。

だからこそ理解できるのだ。ルドング病の成人患者が魂の移植後に自殺する理由を。誰も自分を理解してくれない孤独と、今までの人生を否定されたかのような喪失感に心を失うのだと……。

そんなことをつらつらと考えているうちにワイナリーへ到着していた。駐車場の隅にある木陰から背の高い男性が近づいてくる。

「彩乃さん、ありがとう」

少し疲れた表情の秀がトランクに段ボール箱をしまってから、今日は飲んでいないからと言って運転席へ乗り込んだ。

「秀さん、あの箱ってワインが入ってるの？」

荷物を積み込んだ際、瓶がこすれ合う硬質な音が彩乃の耳に届いていた。

「ああ、もうすぐリリース予定のワイン。テイスティング用にもらってきた。明日休みになったから、家でゆっくり呑もうと思って」

少しぐらい試してみないかと誘われて、彩乃は微笑みながら頷く。あまりお酒に強くないものの、呑むこと自体は好きだった。今は授乳中なので呑んではいないが、夜間の授乳はレナに頼んでお休みしているため、寝る前なら少しぐらいはいいかもしれない。それに秀と家の中で語らうのは久しぶりだ。

太陽が尾根へ近づくこの時刻に、こうやって顔を合わせることは最近では少なかった。秀もやや、はしゃいでいるように見える。いつもより饒舌《じょうぜつ》な彼は、とりとめもない話題を口にした。

新しい人材が仕事に慣れてきたため、ようやく長時間労働から解放されること。まだまだ人手は足りないけど、今年のブドウは順調に育っていること、などなど。

彩乃もそんな彼の様子に、最後まで心に残っていたわだかまりが溶けていくようだった。だから秀に問われたとき、深く考えずにありのままを答えた。

「そういえば今日って、定期検査の日だろ。どうだった」

「別に問題はないわよ。問題ってわけじゃないけど、交際を申し込まれたかな」

突如として急ブレーキがかけられた。凄い勢いで前へつんのめったため、むち打ちになるかと本気で思ったくらいだ。

シカかサルでも飛び出したのかと前方へ視線を向けたが何もいない。次いで秀の顔を見れば、目を限界まで見開いてこちらを凝視している。

「どうしたのよ急に」

「だ、誰に、誰に言われたんだ」

そのことか。あまりにも急に体が振られたので、数秒前の会話まで吹っ飛んでしまったではないか。

そういえばこの人は運転中に驚いたりすると、ブレーキペダルを踏み込む癖があった。研究所から退院する際も同じようなことを起こしていた記憶がある。

「危ないから急ブレーキはやめてね。後続車がいたら追突しちゃうじゃない」

「あ、ああ、すまん、いや、大丈夫だよ、オートドライブで、後続車も、急停止、する」

何やら喋り方がおかしくなっている。

「そういう問題じゃないわ。首が痛いのよ」

「悪かった……なあ、それで誰に言われたんだ。なんて答えたんだ」

秀の両手が体の前でプルプルと震えている。もの凄く動揺しているらしい。反応が面白かったのでもっと見ていようかと思ったが、いつの間にか背後へ近づいてきたトラックにクラクションを鳴らされたため、自動運転を再開させた。

車の速度が安定してから口を開く。

「誘ってきたのは、霧恵さんの同僚で有賀さんって人。今日の検査を担当して、終わったときに言われたの。ずっと霧恵さんのことが好きだったんですって」

退職を望まれたことや、被験者としての仕事を紹介されたことや、研究材料として誘ったのだろう予想も話した。

「だからちゃんと断ったわよ。もう粉をかけてくることはないでしょうね」

「そうか……」

ぽつりと呟いて秀は黙り込んでしまう。彩乃も口を閉ざして遠くの山々を見つめた。

まだ夕日といえるほど赤くはなっていない太陽が西へ沈みつつある。空は淡いオレンジ色にコーティングされていた。

美しい風景をぼんやりと眺めているうちに、自然と瞼が閉じられる。

しばらくすると秀から、音楽をかけてもいいかと訊かれたので目を閉じたまま頷いた。百年以上も前にリリースされた、外国人アーティストが歌うバラード系ミュージックが車内に響く。感傷的な歌詞が美しいメロディラインに合わせて歌い上げられる。

彩乃が生きていた当時の楽曲は、ほとんどが著作権切れのため無料でダウンロードできるものが多かった。二〇一七年以降に発表された曲も、音楽データベースから入手することが可能だ。

彩乃は懐かしい曲や好きだったアーティストの歌を記憶メディアに集めては、朝晩の送迎時に楽しんでいる。秀も昔の曲を気に入ったようで、一緒に試聴してはせっせとダウンロードしていた。

そのため最近では、家の中でも音楽を聴いて静かに過ごす時間が多い。会話はあまり交わさないが、不思議なことにそのような時間が苦痛ではない。同居を始めた当初は沈黙がつらく感じたのに、今ではリビングでそれぞれ別のことをしていても気にならなかった。

あの派手な衝突から秀の態度は変わった。そんなにちゃぶ台返しがよかったのかと今でも首を捻る。

あのときの冷や汗をかく彼の顔を思い出した彩乃は小さく微笑んだ。こちらは離婚を本気で考えたというのに、秀のほうではスタートになったらしいのだから。

それゆえに、今の自分は彼から離れられない。

この時代に一人で生きるということがとてつもなく怖い。異邦人を見るかのような、差別的な眼差しを思い出すだけで心が冷える。霧恵を愛する秀は自分を裏切らないと信用できるけど、それ以外の人々と真正面から接することが怖い。すでにトラウマになっているのかもしれない。

いつかは克服しなくてはと思うのだが、いまだにその勇気が持てないでいた。先ほどの有賀の申し出を突っぱねたのは、この恐怖心が一因でもある。もしかしたら彼は本当に霧恵が好きだったのかもしれない。待合室で初めて声をかけてきたときの笑顔は、会えて嬉しいとの想いをあふれさせていた。

だとしても自分は決して有賀を選ばないだろう。彼の好意を受けるならば、秀と別れることが前提になる。しかしそれでは駄目なのだ。

婚姻という法律的な繋がりは、恋人という精神的な繋がりとは絆の強さが違う。今の彩乃は秀の庇護を受けることができる正当な立場だ。有賀にはそれがない。

つまり自分が霧恵として秀のそばに居続けるのは、己の保身のためでしかないのだ。もちろん彼を愛することができれば問題はないかもしれないが、今の状況は彼を利用しているだけに過ぎない。

……ひどい女だ。秀の優しさにつけ込んで、この時代を生きる覚悟と知恵を身に付けようとしている。彼がこちらの本音を知ったらどう思うのか。

罪悪感が刃物と化して胸を刺すような痛みを感じた。

秀を愛することができたらどれほど楽だろう。ときどき浮かび上がるその思考は、必ず祐司の面影も思い出させる。

自分の中で彼は死んでなどいない。かつての夫を忘れて、秀に乗り換えることは可能なのだろうか。祐司を思い出すといまだに涙がせり上がるのに。

彩乃は顔をそっと秀から背けて、涙が零れないよう瞬きを繰り返した。

夕食を食べ終えた秀は、さっそくテイスティング用のグラスをいくつかテーブルに並べてワインを注いでいく。白とロゼのワインが一種類ずつ、赤ワインが二種類だった。ワインの色や濃淡などの外観をチェックしてはノートに書き込み、香りを調べては書き込み、舌で味わっては書き込む。

テイスティングが始まった頃はその様子を興味深そうに眺めていた彩乃だったが、

秀がひと言も話さずに黙々とノートへ記入しているので、やがて飽きてきた。行儀悪く頬杖をついて秀を見上げる。

「……なんだかソムリエさんみたいだね」

「んー、ソムリエっぽいこともできるぞ。レストランでワインをサービスすればソムリエになる。資格は持ってないけど」

「そうなの？　秀さんってワイナリーでどんな仕事をしているの？」

「俺はエノログっていって、ワイン醸造技術管理士。けど今はブドウ栽培のほうを手伝っている」

「へえ。もしかしてこのワインって秀さんが造ったの？」

「俺一人で造ったわけじゃないけどね」

なんとなく嬉しそうに己の職を語る秀に勧められて、彩乃も一口ずつワインを試してみた。正直なところ「美味しい」としか感想を言えなかったのだが、秀は彩乃の表情を見て満足したようだった。

酒に弱い彩乃は、こんなにたくさんの種類を一度に試したことがない。だが味を比べる行為が楽しくて、四種類ともお代わりをしてしまった。

明日の朝は搾乳《さくにゅう》しないと、アルコール入りの母乳を梢ちゃんに飲ませちゃうわ。

と、いい気分で考えていたときにふと気がついた。あまり酔っ払ってはいないことに。

酒に弱い自分がこれだけの量を飲めば、そろそろ目が回っているはず。

「ねえ、霧恵さんってお酒に強かった？」

「ザルってほどじゃなかったけど、強かったぞ。いつも俺と同じぐらい飲んでいたな」

なるほど、それでアルコールの代謝が生前とは違うのか。彼女の優秀な頭脳はまったく利用できないのに、代謝機能は発揮しているなんて不思議な現象である。その違いはなんなのかと首を傾げたい気持ちだが、自分は研究者ではないのでどうでもいいことだった。それよりお酒を美味しく飲めるこの状況に感謝する。

機嫌よくグラスを傾けていると、微笑を浮かべた秀がじっと見つめてくることに気がついた。

「なに？」

「いや、旨そうに呑んでくれるなーと思って。……そうだ、明日ワイナリーへ遊びに行かないか。彩乃さんは行ったことがないだろ」

その言い方だと霧恵はワイナリーへ行った経験があるらしい。

「でも休みの日に職場へ行くのって嫌じゃない？　それにほら、職場の方が私と会って混乱するもしれないし……」

霧恵と会ったことがある人たちなら、今の彩乃との違いを察して戸惑うだろう。その困惑を感じ取るのは苦手だ。――近所の人々から浴びた嫌悪の視線を思い出す。

しかし秀は彩乃の杞憂《きゆう》を微笑んで否定する。他のスタッフも休日に家族を連れて遊びに来ることがあるし、同僚たちは霧恵との結婚式で顔を合わせただけで、特に親しくはないと話す。彼女がワイナリーを訪れたのは秀と知り合う前で、一回だけとのこと。

それに霧恵がルドング病に罹患したことを知るのは、雇用主であるオーナーだけだった。心配することは何もないと彼は熱心に口説く。

「それに今のうちに行っておいたほうがいいんだ。レストランを閉めるかもしれないから」

「ワイナリーにあるお店のこと？　どうして？」

「人手不足なんだよ」

妊娠中のレストランスタッフが来月から産休へ入るのに、代わりの人材がいまだに見つからないそうだ。

現在の日本政府は、産休手当ての補助金を企業へ百パーセント支出している。企業側にとって金銭的な負担は少ないのに、人口減少による昨今の人手不足で働き手が見つからないのだ。

他の部門のスタッフが交代で手伝う予定になっているが、これからワイナリー全体が忙しくなる時期なので、もしかしたら休業するかもしれないと秀は話す。

「うちのレストランって評判がいいんだ。岩魚《いわな》のポワレとか、赤ワインを使った牛肉の煮込み料理とか、絶対に気に入るはずだよ」

一緒に行こう、ぜひ食べさせてあげたい、と強く誘われて、彩乃は迷いつつも頷いた。

最近はずっと引きこもりである。外の世界へ飛び出す恐れも、秀と一緒ならばそれほど感じないかもしれない。

翌日、彼の職場でもあるワイナリー〝信州ヴィンヤード〟へ到着したのは、午前十時過ぎだった。駐車場までなら毎日訪れているが、大きな正門の向こうへと続く石畳を歩くのは初めてである。平日のためなのか、人影は少なく静かだった。

すると緊張する彩乃の耳が動物の声を捉える。音のほうへ視線を向ければ、驚きのあまり足を止めてしまった。敷地に隣接するブドウ畑に真っ白い塊が動いているのだ。

ヴェー、との鳴き声はそれらが発している。

「秀さん、羊がいる！　なんで？」

「ああ、うちは農薬や除草剤を使ってないから、あいつらに畑の雑草を食べてもらうんだ。珍しいことじゃないさ」

近年では多くのワイナリーが羊を飼い、その糞を堆肥《たいひ》に利用しているそうだ。斜面にあるブドウ畑も平気な顔で登っていくため、彼らは重宝されているらしい。

あたり一面、ブドウの葉が覆う畑の隙間で、丸っこい動物が優雅に草をはむ姿は、実にのどかな光景だった。彩乃は目を細めて羊たちを見つめる。真夏らしい透き通った空の青と、鮮やかな葉の緑と、緩慢な動きの白色の組み合わせは、心を和ませる作用でもあるのかもしれない。

満足するまで景色を眺めていた彩乃は、秀に促されて敷地の奥へと足を向ける。案内されて入ったワインショップの片隅には、羊毛製の愛らしいぬいぐるみや雑貨も販売されていた。

可愛い。手触りのよい白い羊のぬいぐるみは首輪に鈴が付いていて、チリン、と澄んだ音色が耳に心地いい。熱心にグッズを眺めていたら、「彩乃さん」と秀に名を呼ばれて振り返った。手招きをしている彼はワインの試飲カウンターに立っており、スタッフらしき数名がそばにいる。

見知らぬ顔に尻込みをしてしまうが、まさか逃げ出すわけにもいかないので、そろそろと歩み寄る。四十代くらいの女性がにこやかに話しかけてきた。

「いらっしゃいませ、奥さま。ぜひ当ワイナリーのワインを試していってください」

「あ、ありがとうございます」

本当に、霧恵の中身が別人になったことを知らないようだ。それでも気になったことを秀へこそっと尋ねてみる。

「ねえ、私のことを堂々と彩乃って呼んでるけど、霧恵じゃなくって大丈夫なの？」

「大丈夫だよ。君だって同僚の配偶者の名前って、全員把握してた？」

「……してないわ」

言われてみれば同僚の相方だけでなく、友人の旦那さんの名前も覚えていない。結婚式の招待状を受け取ったとき、確かに目にしたはずなのに。

既婚の知人が連れ合いのことを話題にする場合、ほとんどは名前を出さずに「うちの妻が」とか、「夫が」と語られるのが原因だろうか。……まあ、名前に関しての杞憂はなくなった。

彩乃は何種類ものワインを少量ずつ注いでもらって、熱心なスタッフから説明を受けつつ味わっていく。ここにあるワインは昨夜試飲したものとは違い、初めて口にするものばかりだった。やがてアルコールがほどよく回ったのか、スタッフの人柄が気さくなのか、彩乃もいつしかリラックスしていた。

この時代に生まれ変わってから、秀以外の人とこんなにも話が弾むのは初めてだった。機嫌がよくなって笑みが零れ落ちるのが自分でもわかる。意外なほど楽しい時間を過ごすことができたのは、嬉しい誤算だった。

ふとそのとき、視線を感じて周囲を見回す。一人の若い女性と目が合うと、彼女は急いで目を逸らした。

二十代前半と思われるその女性は、顔を背けながらも、ときどき彩乃の様子を横目で窺っている。彼女の顔になんとなく見覚えがあるような気がした。

もしかしたら霧恵の知り合いかもしれない。でも脳から女性の顔を捜してみたがヒットしなかった。秀に尋ねてみようと思ったけれど、彼はスタッフとワインの品評をしながら歓談している。

後で訊いてみればいいか。その女性のことは一旦頭の隅へ追いやった。

彩乃がすべての試飲用ワインを味わったとき、時刻が昼に近づいていたのもあって、件《くだん》のレストランへ共に移動した。そこは古民家を思わせる外観で、屋内は吹き抜けになっておりとても広い。オープンテラスへ出る掃き出し窓からは、ワイナリー全体を見渡すことができた。開放感があって、くつろげる癒しの空間だと彩乃は感じる。

この時間は暑さが厳しいためテラス席への案内はしていないが、夜風が涼しい時間帯や、夏の終わりから寒さを感じるまでの期間なら昼でも利用できるらしい。北アルプスの雄々しい姿を背景に、色とりどりの花が咲き誇る庭を眺めて、澄んだ空気を肌で感じる時間は格別だろう。

窓のすぐ近くの席に案内された二人のもとに、若い男性スタッフが満面の笑みを浮かべて近づいてきた。

「小笠原さん、奥さん、いらっしゃいませ。ちょうどいいときに来ましたね、美味しい肉が入ったんですよ、ぜひ食べていってください」

秀が、今年ワイナリーで働き始めた新人スタッフの廣瀬《ひろせ》だと紹介する。はじめまして、と彩乃が軽く会釈すると、彼は照れたように首の後ろをかいた。

「で、なんの肉だい？」

「羊肉です。ほら、そろそろかなーって言ってた子」

「ああ、あの子か。だからさっきブドウ畑にいた数が少なかったんだな」

「シェフが肉の一部を焼いてくれたんですけど、旨かったですよ」

「いいね、それ頼むよ」

黙って話を聞いていた彩乃は、二人の会話の意味を察して表情筋が引きつりそうになった。窓から緑のブドウ畑を見やるが、羊たちは移動しているようで見当たらない。秀は雑草を食べさせるためと言っていたから、勝手に愛玩動物と思い込んだが、毛を刈り取って利用するならそれ以外でも利用価値はあるだろう。呆けたような表情で虚ろな眼差しを窓の外へ向けてしまった。

その視線と蒼褪《あおざ》めた顔色に気がついた男性二人は、ハッとしたように顔を見合わせる。

「廣瀬くん、その、羊はまたにするよ」

「そ、そうですね……あっ、そうだ！　奥さん、黄金シャモなんてどうですか？　皮がパリッとしてて女性にも人気なんです」

「しゃもって、鶏肉のことですか」

「はい！　ここで飼っている地鶏で、今朝僕が初めて絞めたやつなんです！」

ガタン。動揺のため彩乃の体が跳ね上がり椅子が音を立てた。秀が勢いよく立ち上がって廣瀬の首根っこをつかむと、バックヤードへ引っ張っていく。おそらく教育的指導が下されるのだろう。

秀が戻るのを待っている間、呆然と窓の外を眺めていると、偶然にも羊の集団がテラスのすぐそばを移動していった。レストランの近くに水飲み場があるらしい。べェべェと可愛い声で鳴きながら彩乃の目の前を横切っていく。

そのうちの一匹と目が合った。つぶらな瞳を見てなぜか視界が滲んでくる。

結局、彩乃も秀もランチに岩魚のポワレを選択した。……とても美味しかった。

§

信州ヴィンヤードへ遊びに行った日から二日後、小笠原家に一人の女性が訪ねてきた。背が低くて丸顔の可愛らしい、ショートカットがよく似合う子だった。ワイナリーで自分のことをちらちらと見ていた若いスタッフである。

しまった、彼女のことをすっかり忘れていた。監視モニターに映し出された、所在なげな様子で玄関に立つ女の子を見ながら彩乃は額を押さえる。霧恵の知り合いなのかと秀へ尋ねようとしたのに、その後にあった羊肉ショックのおかげで完全に頭から抜け落ちていた。

『あのぅ、私、信州ヴィンヤードでお世話になっている岩渕《いわぶち》と申します。えっと、小笠原さんの奥さまとお話がしたくて……参りました』

霧恵さんはいませんし、私はお話をするつもりなどありません。と、追い返したかったが、秀の同僚にそのようなことはできない。仕方なくリビングへ通した。

彩乃がここに来てからお客の訪問は初めてである。レナにアイスティーを出してもらい、ソファで向かい合った。緊張感をあらわにしている岩渕に対し、彩乃のほうはポーカーフェイスを貫いているが、内心ではもの凄く気が張っていた。秀がいないときに他人と二人きりになる状況は、研究所での有賀の件を思い出してドキドキする。

胸の高鳴りを隠し、アイスティーを一口飲んでから話しかけた。

「それで、どのようなご用件でしょうか」

霧恵について問われたら、どうやって答えるべきか。無表情の下で悩んでいると、岩渕が上目遣いでこちらを見つめてきたので反射的に眉を顰めてしまう。

顔立ちが整った若い女性の甘えるような視線は、男に対してなら有効だろうが自分にはまったく通じない。それどころか己の容姿に自信がある女の媚態《びたい》は、同性の反感を買いやすいものなのに、この子はそんな単純なこともわからないのだろうか。それともこの時代は価値観が変わってしまったのか。と、迷いながらも目の前に座る可愛い女性を注視すれば、彼女は甘ったるい口調で話し始めた。

「あのぉ、私、実は知ってるんです」

「何をでしょうか」

「奥さまがルドング病にかかったことを」

意外すぎる言葉だったため、咄嗟に否定の言葉を返せなかった。反射的に目を見開いて驚愕を顔に表してしまう。岩渕は彩乃の反応を見て、ホッとした様子で表情を緩めた。

「やっぱりそうですよね。私つい先日、この近くにあるルドング病の研究施設に行ったんです。そのときに奥さまを見たんですよ」

岩渕の話では、彼女の姉の子が奇病に罹患して移植を行ったので、その後の検査に姉の付き添いとして訪れたそうだ。それはどうやら三日前の、彩乃の定期検査と同じ日らしい。

だから岩渕に対し、なんとなく見たことがある顔だったのに、霧恵の記憶の中になかったのかと納得する。

「あそこに出入りする人って患者かその家族だけじゃないですか。だけど奥さまは一人で、誰かの付き添いといった感じじゃなかったし、わざわざ所長さんが挨拶に来てたでしょう？　だから姉と、大人の患者さんじゃないかって話していたんです」

なるほど、と頷きながら大人しく話を聞いていたが、だんだん彼女の存在そのものに気分が悪くなってきた。

おそらく岩渕は、研究所で印象に残っていた女性が、秀の妻としてワイナリーを訪れたため、本当に成人患者なのか確かめたくなったのだろう。そして今までの話から、岩渕は霧恵の知り合いではない。まったくの初対面だ。

それなのに秀へ疑問を質さず、わざわざ面識のない妻のほうへいきなり押しかけて探りを入れてきた。そこに潜む感情を悟り、ここに来た目的も察して、たいへん不愉快な気分になった。

意趣返しに意地悪な質問をしてみる。

「岩渕さん、なぜ私のことを夫へ尋ねなかったのですか」

わざと、夫、と強調して訊いてみれば、彼女は頬を膨らませて機嫌の悪さを示した。

そんな可愛らしい顔を作っても通用するのは男だけだ、と言ってやりたかったが、話がこじれそうなので黙っておく。

「あのぉ、ルドング病にかかったってことは、もう奥さまは亡くなられたんですよね」

「私はこの通り生きていますけど？」

「それは今の奥さま……いいえ、あなたが入っているからでしょ。小笠原さんの奥さまは亡くなったはずです」

「じゃあ夫に訊いてみれば？　奥さん亡くなったんですかーって」

ふんっ、と鼻で笑いながら言い放った。自分でも感じ悪いと思ったが、こんな失礼な女へ丁寧な対応をする必要はないと開き直る。岩渕もいつの間にか、ここへ来た当初の緊張した様子など綺麗さっぱり消していた。

「そんなこと訊けるわけないでしょ。大体なんであなたが小笠原さんの奥さんになっているんです。中身が別人になったら別れるべきじゃないですか」

「だからそれも秀さんに訊いてよ。別れたくないって縋り付いてきたのは向こうのほうよ」

「じゃあ、あなたは小笠原さんと別れるつもりだったんですね」

反論しようとして口を開けたのに、イエス、とも、ノー、とも言えず口を閉ざした。今は秀と離れる考えなどないが、彼と衝突したときは離婚する気だった。過去形で訊かれたことでほんの少し狼狽えてしまう。

その動揺を悟ったらしい勘がいい女は、口元に気味の悪い笑みを浮かべた。

「なんだ、別れるつもりだったんだ、良かった。まさかこのまま小笠原さんのそばに居座るつもりかと思っちゃいましたよ」

「……別れるか別れないかは秀さんが決めることよ」

「小笠原さんは優しい人ですから、あなたを放り出せないんじゃないですか。それにあなたがそばにいたら、いつまで経っても彼の夢が叶わないわ」

「夢？」

「知らないんですか？　小笠原さんは自分のワイナリーを持つことが夢なんですよ」

得意げな様子の岩渕がべらべらと喋り出す。

この国では人口が極端に減少した時期に、後継者や労働者の不足で廃業へ追い込まれたワイナリーがかなりの数にのぼる。全国に散らばっているその跡地はブドウ栽培に適した土地であるため、醸造技術を持つ者がそこへ移り住み、家族経営の小さなワイナリーを設立するケースが増えていた。

とはいっても秀は、この地で定職に就く霧恵と結婚したため独立はせず、信州ヴィンヤードの醸造責任者を目指しているらしい。

そこまで大人しく聞いていた彩乃は口を挟んだ。

「なんで独立しないの？　長野県で新しいワイナリーを設立すればいいじゃない」

「小笠原さんの理想とする土地と環境が、新潟県にあるって言ってました。以前、懇親会で酔っ払った彼が、自分が一からワインを造るならあの土地で試してみたいって話していましたから」

「でも結婚したからには、この地で独立するって考えもあったでしょう？」

するると岩渕は人を馬鹿にしたような笑みを浮かべる。嫌な笑い方だ。

「なんにもわかってないんですね。同じブドウ品種でも、土地や環境が変われば味も変わるんです。農作物なんだから。いいワインを造るにはいいブドウを作らないと駄目で、小笠原さんは理想のワインを造るために、理想のブドウを育てることができる土地を見つけたんですよ。それはここじゃない」

専門的な話になると彩乃は付いていけない。黙って岩渕の熱弁を聞いていると、彼女は喋っているうちに興奮したのかソファから立ち上がり、「私だったら小笠原さんを助ける自信があります！」と言い放った。地元の大学院で果実遺伝子工学の研究室に属しており、彩乃より知識も技術もあると胸を張る。信州ヴィンヤードへはインターンシップで実習に参加しているらしい。

「私は小笠原さんが好きです。彼の夢を叶える手助けもできる。私に彼を渡してください」

「……だからそれは秀さんに言うべきでないの？」

「もちろん言いますよ。でも彼の足枷を外してあげたいんです。あなたがいなくなれば話が早いじゃないですか」

「あのね、お嬢さん――」

「大体あなたは小笠原さんのことが好きなんですか？」

何度も痛いところを突いてくる小娘だ。再び即答することができなくて黙り込むと、岩渕は睨むような真剣な眼差しで見つめてくる。

「好きじゃないなら別れてください。私のほうが公私共に彼を支える自信がありま す」

これだから知らない人間と二人っきりで会うのは嫌いだ。彩乃は額を手で押さえながら溜め息を吐く。これでは先日の有賀と同じではないか。まだ彼のほうが直接アプローチした分だけ、まともな人間に見える。

「レナ、梢ちゃんを渡して」

これ以上、失礼な小娘の主張に付き合う精神的な余裕などない。

巨大テディベアの腕の中でもがいている赤子は、彩乃に抱き上げられると嬉しそうな声を出した。膝の上でうつ伏せに寝かすと背を反らして飛行機のポーズをする。たいへん可愛らしい姿だ。その背筋を撫でながら真正面の女を見やる。

「岩渕さん、あなたが秀さんを好きになるのは自由だから私は止めないわ。でも彼は恋人は求めていないの。娘の母親を必要としているわ。あなたは今すぐこの子のお母さんになれる？」

女の戦いを挑んできた岩渕には、妻としての輝かしい未来しか見えていない。だがそれでは駄目なのだ。……とはいえ自分だって梢の母親の役目しか果たしておらず、妻としての努力から逃げているため、どっちもどっちだと言える。もちろんそこは言わないが。

わざとらしく赤子を可愛がる姿を見せ付けてやれば、岩渕は初めて梢の存在を認めたのか、動揺して視線をさまよわせていた。

「で、でも、母親役だけ求められているわけじゃないでしょ……それだったらベビーシッターとか、人を雇えばいいんだし」

「それって赤ん坊は他人に任せて、自分は好きな男とイチャイチャしたいって言ってるのと同じだけど」

「そんなこと言ってないわ！」

「叫ばなくても聞こえているわよ。あのね、私から見るとあなたは周りが見えていない。秀さんが子持ちの男だってことさえ頭から抜け落ちていて、しかも本人へ告白せず妻のほうへ突撃する。このことを秀さんが知ったらどう思うかしら」

「……脅す気？」

「そういう単純なことさえわかってないと言っているのよ。勉強はできるようだけど、人の心の機微が理解できていない。そんな人間に彼が大事な娘を、未来の夢を預けると思う？」

「……」

「もう帰りなさい。今日のことは秀さんへ言わないでおいてあげる」

武士の情けというより、この手の人間は報復が恐ろしいため、激昂させないほうがいいと判断したのだ。だが岩渕は蒼白になりながらも目をぎらつかせて動こうとしない。その表情は般若を思い起こさせる。

相手がガンを飛ばしてくるなら、こちらも受けて立つ。彩乃は岩渕の睨みに応戦していたが、いきなり彼女が中身の入っているグラスをわしづかみにしたので全身が凍りついた。

膝の上には梢がいるのだ。自分にぶつけてくるならいいが、それでも割れたら破片が赤子へ降り注ぐ。

冷静な表情の下で焦っていると、巨大テディベアが音もなく彩乃のそばに立った。

そのとき予想もできないことが起きた。家庭ロボットが突如として変化し始めたのだ。なんと胸部が左右に開き、中から刃渡り三十センチ程度の日本刀が飛び出てきた。レナの第二の腕がその柄を握り締め、切っ先を岩渕へ向ける。

あまりに予想外のことが起きると、人間は悲鳴を上げることさえできないらしい。彩乃は口を開けたままレナの姿を呆然と見つめてしまう。岩渕は目を剥いてテディベアを凝視していた。照明の光を反射して刀身がきらりと光る。

そういえば秀から、家の中で身の危険を感じたらレナを盾にすること、と強く言われていた。確かにロボットなら壊れても修理すればいいのだろうが、まさか武器を持って応戦するとは思いもしなかった。

痛いほどの静寂が流れる中、真っ先に金縛りが解けたのは彩乃だった。

「れ、レナ、その、刃物は、まずいのでは……？」

まさかこの時代には銃刀法がなくなっているのか。霧恵の記憶を必死に探るが、精神が混乱していると検索機能がうまく働かない。欲しい答えはヒットしなかった。

「大丈夫でス、奥サま。刃は潰シてありまスから」

「え、そうなの？　いや、でも、一旦それを下ろそうか」

「駄目でス。危険人物を排除スる緊急防御プログラムが起動シまシた」

「そんなのがあるんだ……」

私だったら刀じゃなくって鞭を持たせるのに、と熊の巨大ぬいぐるみを見ながら呆けてしまう。するとしばらくして我に返った岩渕が、「あんたらみんな死んじまえ！」と捨て台詞を吐いて出て行った。

……前言撤回である。秀に今日のことを黙っていると彼女に言ったが、やはり報告してやろうと思った。死の瞬間を覚えている自分にとって、死ね、と呪われるのは精神的にかなり厳しいことなのだ。胃に痛みを覚えるほどに。

「レナ、悪いけど何か胃に優しい飲み物をちょうだい……」

「かシこまりまシた」

すぐさま日本刀をしまったレナが、ドリンクヨーグルトを持ってきてくれた。胃に優しい飲み物をちびちびと飲みつつ服の上から鳩尾《みぞおち》あたりを押さえる。

とんでもない訪問者だった。テディベアが日本刀を持っていた衝撃も大きいが、若さからくる突拍子もない行動も同じぐらい破壊力があった。

ただ、好きな男を求めてこれだけ精力的に動ける情熱は眩しいとも思う。打算で秀のそばにいる自分より、ずっと人間らしい感情だ。本当は彼女のように、秀を心から愛せる女性のほうが彼を幸せにできるのだろう。

——小笠原さんは優しい人ですから、あなたを放り出せないんじゃないですか。

その通りかもしれない。自分が秀の前から消えれば、彼女も霧恵の死を受け入れて、他の女へ目を向けるかもしれないのに。

ゆっくりと優しい甘みのヨーグルトを飲み干して、赤子の手の届かない位置へグラスを置く。テーブルの脚にかみつく梢をあやしながら、心の奥底でちくちくと主張してくる痛みの原因に意識を向けた。

岩渕に秀を好きだと宣言されたとき、心の中で腹立たしさと同時に痛みを感じた。あの痛覚の正体を自分は知っている。

あれは嫉妬だ。

しかしその意味を深く考える前に、頭を振って思考を散らした。痛みを覚えた瞬間、祐司の顔が浮かんで罪悪感をも抱いたのだ。今はまだこの痛みを、庇護者を失うことによるものだと思い込みたい。夫と死に別れてから三ヶ月しかたっていないのに、こんな短期間で自分の心が変化しただなんて認めたくない……

むりやり笑みを作って赤子と戯れながら、湧き上がる不安の意味を考えないようにした。


それからしばらくして、ワイナリーで見かけた車が家の前に停まったため、彩乃は不思議に思った。車から降りてきたのは秀だ。彩乃の迎えを待たず車を借りて帰ってくるならば、再びワイナリーへ戻るのだろうか。

そこで胸の奥に複雑な感情が芽生える。今まで岩渕の件を必ず彼へ伝えようと息巻いていたが、冷静になってくると迷いが生じた。迷惑で腹立たしい気持ちは消えていないものの、告げ口をするようで嫌だった。

なぜならこれは、疚《やま》しさからくる迷いなのだとわかっているから。秀を愛し、共に夜を過ごしているならば躊躇《ためら》うことなどなにもないのに。

ほろ苦い思いを胸の奥で感じつつ、彩乃は自嘲する。

しかし岩渕を無罪放免にするのも癪だった。さてどうしようかと小さく悩みながら秀を出迎えると、家に飛び込んできた彼が両肩をわしづかみにしてきた。

「本当に大丈夫か！　彩乃さん！」

「へっ？」

いきなり凄い形相で問い詰められても、わけがわからない。目を白黒させて返事もできず硬直していたら、背後から近づいたレナが事の真相を教えてくれた。

「奥サま、先ほど旦那サまへ、レナの緊急防御プログラムが発動シたことをお知らセシまシた」

「いったい何が起きたんだ！　レナは君と梢は無事だって言ったが、詳しいことは説明できないんだ！」

「え、えっと……」

レナが秀に伝えるとは欠片《かけら》も思っていなかったため、咄嗟にどう答えたらいいかわからなくて視線をさまよわせる。

喋らない彩乃に焦《じ》れたのか、秀は彼女を解放してリビングへ向かった。慌てて彩乃も後を追う。

彼が巨大テレビの電源を入れると、音もなく従うレナが大画面のそばに立ち、第二の腕をテレビの脇にある操作パネルと接続して、女二人が言い争う映像が流れ始めた。どうやらレナの腕は接続ケーブルにもなるらしい。

そこで岩渕との口論の様子を目にした秀が、「え、岩渕さん？」と驚いた表情と口調で呟いた。どうやら彼女の気持ちにまったく気がついていなかったようだ。激情が綺麗に消えて、彩乃と岩渕が対峙する動画を呆然と見つめている。

それよりもこれはどこから撮ったものなのか。彩乃はリビング全体を見回して監視カメラを探してみたが、それらしきものは見当たらない。しかも動画のカメラアングルはちょこちょこと動いているではないか。最後のほうでは岩渕を真正面に捉えた画像の下部から日本刀が伸びて、彼女へ切っ先を向ける。このときレナの目線なのだとようやく気がついた。

「ねえ、レナって動いているときはずっと撮影しているの？」

「……いや、配達とか電話がかかってきたとか、第三者からのアクションが起きたときだけだ。何も問題がなければすぐに動画は消去される」

レナの眼球がカメラになっているそうだ。家庭ロボットは優秀だな、と何度目かわからないほど感心してしまう。そこへやるせない声が聞こえてきた。

「すまない、彩乃さん……。まさかこんなことをする子だとは思わなかった」

今から警察へ行ってくる。そう告げた秀が玄関へ足を向けたため、彩乃は慌てて立ち塞がり彼を止めた。

「ちょっと待って！　警察って、岩渕さんを訴える気？」

「相談内容を残すんだ。彼女がまたここへ来たらすぐ動いてもらうために」

それに警察を介入させると、岩渕のインターンシップを企業側が一方的に中止できる、と秀が呟いたため、彩乃は彼の片腕を抱え込んだ。

「そこまでしなくていいわよ！　それにワイナリーは人手不足なんでしょう？　インターンをとり止めたらまずいんじゃないの？」

「学生はしばらくしたらいなくなる人手だ。それにこんなことは許されない」

「でも、ただ話をしに来ただけだし……」

「だとしても大問題なんだ。乳幼児のいる家で防御プログラムが発動するような行動を起こすなんて」

「え、そういうものなの？」

人口増加を国のスローガンに掲げているこの時代では、子どもがいる家庭は様々な場面で優遇され、かつ守られている。そのため里親制度を利用する夫婦も少なくはないし、独身者が子どもを養育するケースも珍しいことではない。他人の子どもであっても同じ地域で暮らす大人全体が見守る、との意識が現代の日本人に浸透していた。

こういうところは未来に来た実感がすると彩乃は思う。自分が生きていた時代では、子どもを持たない家庭と公平ではない等の理由で叩かれそうな政策だ。それだけこの国は人口の減少により、痛い目にあったということなのだろうか。

「でも、それってなんだか私が岩渕さんを追い出したようだわ。ワイナリーの方々にも申し訳ないし……」

「大丈夫だよ、オーナーは口が固いからインターンを辞めさせる理由は誰にも話さない。君が気に病むようなことは何もない」

「それこそ恨みを買いそうじゃない」

逆恨みをしそうな子だったし、と呟くと、秀が彩乃の両肩をつかんで真正面から見つめてくる。彼は、家庭ロボットの緊急防御プログラムの発動とは、見過ごすことができない問題であると説いてきた。

未来において、彩乃が生きていた時代にあった民事不介入の原則は、子どもを養育する家庭に通じない。犯罪を未然に防ぐため、家庭ロボットには必ずこのようなプログラムが搭載されている。第三者の危険行動を察知したり、表情の変化や体温の上昇、呼吸の乱れや発汗の増加等を感知して主人を守るのだ。

これが起動すれば警察の介入は避けられない。動画は警察が精査し、内容によっては加害者の勤め先へも通達される。ロボットが撮影した動画は所有者によって勝手に改竄《かいざん》できないため、信憑性が高いのが理由だ。

今回のケースだと岩渕の行動は、ワイナリーと大学院へ知らされることになる。

彩乃は、そこまで大げさにすることではないと大いに慌てた。時代によって人や社会の考え方が変わることは理解している。自分の生前から百年も過ぎれば、世の常識も変化することはわかる。だがそれでも秀がしようとしていることは、己の感覚だと受け入れがたいのだ。

申し訳ないが自分の精神的な安寧のためにも、こちらの言い分を通させてもらおう。卑怯であるが両手を組み合わせて、上目遣いでお願いのポーズをする。途端に秀の眼差しに動揺が含まれた。

「ごめんなさい。秀さんの気持ちはもっともだと思うけど、私はそこまでの制裁を求めていないわ。秀さんが今回のことを知るだけで、あの子へのお仕置きになると思うの」

だからここは穏便に済ませて欲しい。願いを込めてじーっと見つめていると、秀が視線をキョロキョロと周囲へさまよわせている。しばらくその状態で迷っている様子だったが、そのうち大きな溜め息を吐いて腕組みをすると天を仰いだ。霧恵に惚れている秀にならば効くだろうと思っていたが、予想通りである。ちょろい。

やがて彼は苦い顔つきで彩乃を見下ろしてきた。

「……わかったよ。でも俺は家族に危害を加えようとした人間を許すつもりはない。警察へは行かないがインターンは中止にさせる。これだけは譲らない」

「けど彼女ってワインの研究をしているそうだから、いなくなったらワイナリーにとって損害じゃないの？」

「別に。ブドウの病原菌を研究してるとか言ってたけど、うちで彼女に求めていたのは専門知識ではなく、単に労働力」

「そうなの？　彼女の勉強していることって、秀さんの独立の夢を叶えるために有利な知識じゃないの？」

「は？」

予想外のことを言われて驚いたのか目を瞬いている。彩乃が岩渕から聞いた話を伝えると、彼は眉根を寄せて苦虫を噛み潰したような表情になった。

「確かにそんなことを口走った記憶はあるけど……今は独立なんて考えていないよ」

「どうして？　逆に今ならいいんじゃない？」

「今って、何が」

「私は研究所で働いていないから、秀さんの行きたい土地へ一緒に行けるじゃない」

そう告げた直後、秀が呆けたような表情をして視線が虚ろになった。彩乃を見ていながら視覚ではなにも捉えていない顔つきだ。しかもそのままの状態で固まって動かない。

彩乃は彼の顔の前で手のひらを振ってみる。

「おーい、秀さん、大丈夫？」

それでもしばらくの間、固まったままの秀だったが、やがて何度も瞬きを繰り返してから彩乃へ意識を向けた。

「……ついて来てくれるのか？」

「独立するってときのこと？　当然じゃない、一人でその土地へ行くつもり？」

「いや、そういうわけじゃないけど……」

「じゃあ一緒に行きましょうよ。私、住む土地にこだわりはあまりないのよ」

彩乃にしてみれば、庇護者である秀についていくのは当たり前のことだった。だから彼の驚愕が少しおかしく感じて、表情が緩み微笑が浮かんだのは自然なことである。

しかし次の瞬間、いきなりもの凄い力で抱き締められて息が止まるかと思った。

「しゅっ、秀さん……」

予想外の行動で、陸へ打ち揚げられた魚のように口をパクパクさせて硬直する。首筋に吐息を感じて心臓が音高く跳ね上がった。と、同時に体の芯で欲望が滲む熱を感じる。

最近ではとんと覚えなかった性の疼き。秀と和解して以降、彼はニアミスが起きないよう気遣ってくれたから、肉体が彼との接触に喜ぶ機会はなかった。

自分の体が嬉しいと叫んでいる。そう考えた瞬間、反射的に両腕が持ち上がって彼の広い背中を抱き締めようとした。

その直前、秀に体を解放される。でも肩をつかまれたままなので、至近距離で彼の微笑む顔を見上げる状況になった。いつもより近くで見つめ合う状況に、胸が痛いぐらい高鳴っているのを内側から感じる。

「ありがとう彩乃さん。嬉しいよ」

本当に心の底から喜んでいるらしい彼の笑顔だった。抗議することなど考え付かず、弱々しく頷くことしかできない。すると秀は急に表情を厳しいものへと改める。

「だけど俺のいないときに異変が起きたら、すぐに知らせてくれ。約束だ」

見つめてくる真剣な眼差しに逆らうことなどできようがなく、壊れた機械人形のごとく何度も頷いた。

それから数日後、信州ヴィンヤードでは、インターンシップの実習生を受け入れる方針は変えないものの、岩渕は他のワイナリーに変更となったらしい。秀がそう教えてくれた。それ以上のこと——彼女と秀がどのような話をしたのか——は教えてくれなかったが。

元の平穏な日々に戻った昼下がり、彩乃は冷房をかけた涼しいリビングで、静かな寝息を立てる赤子のそばに寄り添っていた。彩乃を母と疑わない梢——実際に生みの母に間違いない——は、近頃ベビーベッドでの昼寝を嫌って、彩乃のそばでないと眠ってくれない。そのためソファのすぐ脇に赤子お気に入りのベビー布団を敷いて、彼女を寝かせている。高機能つきベビーベッドなど今や出番はない。

愛らしい無垢な寝顔を見守りながら穏やかな時間を過ごしていると、自然と数日前のリビングでの出来事を思い出す。

一度は秀へ岩渕の件を話さないでおこうと考えたが、ずっと不安を抱くことになっただろうから、これでよかったのだと思う。本音では彼女が秀のそばから消えてホッとしていた。

だがその安堵する感情の奥にあるものを考えると、複雑な心境になる。足元にいる梢を見下ろしながらこの子の父親を思った。

秀に抱き締められたとき、驚いたものの拒絶は感じなかった。しかも肉体の疼きを感じた際、無意識のうちに彼を抱き締め返そうとした。

この家に初めて来た日の夜、夜這い同然で彼に肌をまさぐられて、吐き気がするほどの嫌悪感を抱いたものだ。しかし今では逃げ出したいと思わなかった。それどころか自分もまた触れ合いを求めていた。

そして岩渕の告白に対して抱いた胸の痛みは、誤魔化しようがない嫉妬だとすでに認めている。

――私は秀さんが好きなんだろうか。

改めて己へ問いかけてみてもよくわからない。まだ心の中には祐司が住み着いており、彼を思い出さない日はないのだ。

しかしその姿がだんだんぼやけて、代わりに秀の姿が鮮明に浮かび上がる時間が増えている。もう二度と会えない記憶のみの姿より、毎日顔を合わせる存在のほうがどうしても印象は強くなる。それを悲しいと涙を零すこともあったが、今では諦めをもって受け入れていた。

比べても仕方がないと思いつつも、秀と祐司を比較することだってある。

秀は現在、ワイン醸造ではなくブドウ栽培のチームに属し、広大なブドウ畑の管理を手伝いながら栽培業務を幅広く担っている。農業に従事しているせいか筋肉質な体型で、肌は日に焼けて浅黒い。おまけに背が高いせいか全体的にガッチリした印象だ。

対してかつての夫、祐司はデスクワークが中心の仕事であったため、肌は白く中肉中背で、かもし出す雰囲気は柔らかい。二人のイメージはまったく異なっていた。

彩乃としては祐司の穏やかな部分に惹《ひ》かれたので、秀と出会ったばかりの頃は、彼を暑苦しくて圧迫感のある男だと思っていた。しかし生活を共にして三ヶ月が経過した今では、さすがに慣れてきた。

しかしまだ、たった三ヶ月なのだ。最愛の夫と我が子から離れ、いくら共に暮らしているからといって、心を切り替えるには時間が短すぎる。

――祐司。

会いたい。祐司に会いたい。千晶に会いたい。探せば彼らの墓だってあるこの時代に生きていながらも、自分の中でまだ二人は死んでいないのだ。

人の死とは、ただその人の生が終わることだけではない。死を告げられて遺体を目の当たりにして、葬式を執り行い火葬をして、遺骨を墓に納め法要を何度も行う。こうした一連の儀式をこなして初めて不在を噛み締め、徐々に死を受け入れるものではないか。唐突な別れだけでは、人は愛する者の死を受け入れられない。

彩乃は己の体を、霧恵の体を強く抱き締める。この身は千晶の孫であり、彩乃と祐司のひ孫だ。この体と梢を守っていくことは、祐司が遺してくれた思い出を守ることでもある。だからどれほど今の時代に生きることがつらくても、絶対に死へ逃げないと愛する人たちへ誓った。

しかしそれだけを支えにして生きていくのは苦しいのだ。存在しない人への誓いだけでは心は満たされない。今の自分を支えてくれる何かが、心を寄せる温もりが欲しい。

そして望みを叶えてくれる人はすぐそばにいる。

眦に浮かんだ涙が雫《しずく》となって零れ落ちた。梢の腕に当たった雫は赤子を身じろぎさせたが、本人は寝返りを打っただけで目を覚ます様子はない。彩乃はそっと涙を指先でぬぐう。

秀に心が引き寄せられるのは、寂しさと不安からでしかない。打算でそばにいて、孤独の埋め合わせですり寄る。

そんな自分がひどく汚らわしい生き物のように思えて、両膝を抱えて蹲《うずくま》り、顔を埋めてしばらく動けなかった。

§

まだまだ暑い盛りだが、陽が落ちると一気に涼しくなる九月下旬、この頃からブドウの収穫が始まり、秀は泊り込みになる日もあった。まだ朝日が昇らない早朝からブドウの摘み取りを開始して、日没まで続けられる。ワイン用ブドウは完熟したら一気に摘み取ってしまわないといけないため、収穫用ロボットを投入してもそうそう終わらない。

大変な作業であるが、この時期はワイナリー全体が活気づく。ブドウの収穫は一年でもっとも大きなイベントなのだ。ワインを醸造する香りが敷地外の道路にまで漂い、その芳香は短い秋を告げる風物詩だった。

通常、ワイナリーでは複数のブドウ品種を栽培しており、完熟時期が品種によって異なるため、収穫のタイミングもバラバラになる。もうすぐ白ブドウのシャルドネが収穫できそうでも、黒ブドウのメルローが完熟するのは来週だ、と十二月近くまでブドウの摘み取りは延々と続く。

畑に残った最後のブドウを収穫し終えると、厳しい冬の到来だった。

昔はもっと早い時期にすべてのブドウを収穫し終えたそうだが、四季が失われた現在では、農作物の栽培状況も変化している。環境の変化に対応できるよう、品種改良も盛んに行われた。

彩乃は以前、手のひらサイズのスイカを見たときなど大変驚いたものだ。手で半分に割れるほど皮が柔らかく、スプーンですくって食べるものだった。しかも一年中出回っている。

旬の概念がほぼ消滅している現在を少し寂しく思ったものだが、栽培技術の向上により、大好きなマンゴーが常に安価で食べられるのだ。複雑な心境だった。

やがて日中でも長袖が欠かせないようになった十月の半ば頃、夜遅い時刻に疲れきった秀が帰宅した。彼は、腹減ったと呟いてソファに寝転がってしまう。

「お疲れさま、かなりくたびれているわね」

「ああ……車の中でちょっと寝てた……」

「居眠り運転じゃない。やっぱり私が迎えに行こうか？」

今の時期は帰りが深夜になるときもあるため、秀は彩乃の送迎を断って自分で運転席に座っている。車は自動運転で、事故が起きるような要素もない静かな道を走るものの、野生動物が飛び出すこともある。居眠り中に急停止すると首への負荷が大きくて危険だ。

しかし彼は気だるそうに体を起こして頭を左右に振る。

「夜遅い時間に女性を動かすのは不安だ。それに急な泊り込みになったら、連絡を待つ君に申し訳ない」

「うーん、そうかもしれないけど……」

そこへレナが、「食事の用意ができまシた」と声をかけてきた。彩乃は、食卓まで歩くのも億劫そうな秀の様子を見て、リビングテーブルへワンタン入り酸辣湯《サンラータン》を持っていく。野菜たっぷりのスープを飲む彼は、「旨いけど、山盛りの唐揚げのほうがいい」などと呟いている。そこへレナが話しかけた。

「旦那サま、こんな時間に唐揚げなど食べまスと、中年太りシまスよ」

彩乃は思わず噴き出してしまった。一方の秀は不機嫌そうな表情になっている。

「レナって会話が凄く人間くさいわよね。家庭ロボットってこういうものなの？」

「いや、もっと機械っぽかったけど、霧恵が気に入らないとか言い出して、自分で会話プログラムを加えてた」

「へえ、やっぱり霧恵さんって頭がいいのね」

その偉大なる頭脳をまったく活用できていない現状が悲しい。いったいなぜなのかと首を捻りながら、秀のためにお茶を淹れてリビングに戻る。スープをきれいに飲み干した彼は、すでにソファで眠り込んでいた。

「秀さん、お風呂が沸いてるわよ。汗を流してベッドで休んだほうがいいわ」

よほど疲れているのか、軽く肩をゆすっても目を覚ます気配はない。

「奥サま、レナがベッドまで運びまショうか」

「そんなことができるの？」

彩乃より背丈の低いテディベアが、長身の筋骨逞《たくま》しい男性を抱え上げる想像ができない。一度見てみたいかもと胸を躍らせたが、こういうときに限って就寝中の梢が目を覚まして泣き声が響き渡る。すぐにレナが梢の許《もと》へ向かった。

生後八ヶ月となった梢は夜泣きが始まり、一度目が覚めると再び眠りに就くまでが長い。赤子への対応はすべてレナがやってくれるので、彩乃は空になった食器を片づけ始めた。役割が逆ではないかと思うのだが、この時代では当たり前のことらしい。働いている母親がほとんどなので、夜間に体を休ませるために赤子の世話はロボットが担うそうだ。

——でも私は働いてないんだけどな。

彩乃は常に後ろめたい思いを抱いている。

離乳食が始まった頃にレナから、「奥サま、ソろソろ母乳を終わらセまスか」と訊かれて本当に驚いたものだ。彩乃の常識では一歳を過ぎるまで授乳を続けると思っていたから。

レナには霧恵の望む人工知能が組み込まれているため、働く女性のサポートをしようと率先して赤子の面倒をみる。とはいってもレナの主《あるじ》は秀と彩乃なので、彩乃が「自分でやる」と言えばすぐに身を引く。レナとの暮らしは、少々頭の固いメイドを雇っている感覚だった。いや、メイドというものを生前に雇ったことなどないのだが。

キッチンを片づけてソファへ戻ると、相変わらず秀は目を閉じたままだった。彩乃は床へ腰を下ろし、彼の疲れを滲ませる顔を見つめながら思う。レナがいるこの現状で、自分は彼にとって本当に必要な人間なのか、と。

赤子の世話も家事もほとんどはレナがやってくれる。ロボットだけで行えないことは彩乃が手を貸すものの、それだって秀が手伝ってやれば済むことだ。自分がいなくても彼が赤子を育てることは難しい状況ではない。

ブドウ収穫期のように秀の帰りが極端に遅い場合は、夜間保育を利用するかベビーシッターを雇わねばならないが、それも一時期だけのこと。子どもを預かるバックアップ体制は整っているうえに、保育料の助成金も出る。日本中で働き手が不足しているのだ。とにかく社会に出て欲しいとの切実な声が、どこからか聞こえてくるようだった。

そんな時代にあって、自分はこの家に引きこもっている。おまけに夜の営みから逃げ続け、庇護者である秀に我慢を強いている。

彩乃はそっと秀の前髪へ触れる。自分はいったいいつまで待たせるつもりなのだろうか。それより彼の欲望は大丈夫なのだろうか。こちらとしては千晶の出産後、パッタリと性欲が消えてしまったので問題ないが、男の人はそうでもないだろう。実際、初めてこの家に来たとき襲われた。

馬鹿馬鹿しいと思いながらも、この時代の風俗がどのようなものか調べたことだってある。まあ、性風俗産業が百年経っても変わらないという、無駄な知識を得ただけだったが。

ここ数ヶ月間の秀は、欲を発散するための、そういった場所へ出かけていないと知っている。ワイナリーまで彩乃が送り迎えをしていたうえ、休日はほぼ一緒に過ごしているのだ。でもそれは健康な壮年の男性にとって、つらいことではないだろうか。

男は好きでもない女性ともセックスできるとよく聞くものの、別に女だって愛情がない相手に抱かれることは可能なのだ。彼と男女の関係にはなれると思う。それに秀へは家族愛のような情を抱いている。

だがそこから真の愛情になるかはわからないし、それ以前に自分は彼を愛することを怖れている。新しい男との愛は、かつての夫との別離になるのではないかと。

彩乃は何度も秀の固い髪と地肌を触りながら、精悍な顔をじっと見つめる。やがて指を引っ込めると静かに立ち上がり、まだぐずっている梢をレナから受け取って二階の寝室へ向かった。

――彩乃がいなくなった後、すぐに秀は瞼を開き、のっそりと上半身を起こした。彼は片手で顔を覆って大きな溜め息を吐くと、しばらくそのままの姿勢で動かなかったが、やがて立ち上がりバスルームへ足を向けた。

§

北アルプスに白い薄化粧が施される十一月、周囲の木々は少しずつ色を変えて赤や黄色に染まっていく。そんなある日、突然昼間の時刻に帰宅した秀は、彩乃へ手を合わせて頭を下げてきた。

「頼む！　収穫を手伝ってくれないか」

彼曰く、明日から最も広い畑のブドウを収穫することが決まったのに、スタッフの数が足りないというのだ。短期アルバイトの人間が怪我をしたり、腰を痛めて手伝えなくなったりと予定が狂ったらしい。

収穫は専用ロボットも使用しているが、明日の畑は斜面にあるので機械は転がり落ちていく可能性が高く、ほぼ人力のみでの収穫になる。

「もちろんバイト代は出すし、昼飯も食べられるから」

「でも、ブドウの収穫なんてやったことないし……」

「収穫なんて簡単だよ。茎をはさみで切って、実を傷つけないよう箱へ入れるだけだ」

「うん、まあ、そうね」

正直なところ断りたかった。ワイナリーで会った人々に悪い印象は抱かなかったが、秀以外の人々とうまくやっていく自信がない。

そんな彩乃の逡巡《しゅんじゅん》を察したのか、彼は困ったように頭をかいた。

「あー、やっぱり家を出るのは怖い？」

「え」

「彩乃さんが外に出ることを怖がっているのは知っていたけど、ワイナリーにはついてきてくれたから、大丈夫かなと思ったんだけど」

息が止まるかと思うほど驚いた。引きこもりが恐怖心からくることを悟られていたとは知らなかったのだ。霧恵がインドア派なので、彩乃も同じだと思っているだろうと勝手に信じ込んでいた。

「……ごめんなさい」

「いや、彩乃さんの立場なら仕方ないよ。ただ明日だけは本当に人がいなくって、できれば手伝ってくれると嬉しい」

彩乃が引きこもりであることを察しながらも懇願してくるところをみると、本当に困っているのだろう。助けてあげたいとは思う。

秀は諦められないのか、さらに言葉を重ねてきた。

「ブドウの収穫って、延々と畑で摘み取っているから、他の人と一緒に作業をすることって少ないんだ。人が集まるのは休憩や昼飯のときぐらいかな」

「……そのとき、秀さんもいる？」

「もちろん。なるべく彩乃さんのそばにいるよ」

少しは安心した。でも今の自分は客観的にみると、父親の背中に隠れて出てこない引っ込み思案の子どもと同じではないのか。少々、いやかなり情けない。

それにやることもなく家の中に籠もることへ、常に罪悪感を抱いていた。このままでは駄目だと自分でもわかっている。これはいい機会ではないのか。

「そうね……うん、やってみるわ」

「本当か！　ありがとう彩乃さん！」

その言葉と共に凄い力で抱き締められた。すぐに解放してくれたけれど、がなり立てる心臓は痛いほど跳ね上がっている。——心臓が爆発しそう。

心の底から嬉しそうに微笑む秀の表情から、性的なものはいっさい見られない。それなのに彩乃は、男の硬い肉体の感触が忘れられなかった。

「凄く助かるよ。収穫は時間との戦いだから」

「どう、いたし、まして……」

そこからの秀の行動は早かった。ブドウの収穫は日が昇る前の薄暗い時刻から始まるため、梢を預けられる二十四時間体制の託児所を探して申し込みを済ませた。どうやらそのために昼休みを抜けてきたらしい。

彩乃は赤子をレナに預けていくと思い込んでいたが、三歳未満の乳幼児を家庭ロボットに任せる場合、五時間までと法律で定められているそうだ。ロボットでは急な発熱など、体調の変化に対応できないケースがあるとの理由で。

彼はあわただしく手続きを済ませるとワイナリーへ戻っていった。

そして翌日、午前五時前に秀と共にワイナリーへ着いた彩乃は、真っ先にオーナーから岩渕の件を詫びられて面食らってしまった。彼女が家に乗り込んできたのは三ヶ月も前の話だから、すっかり忘れていたのだ。彩乃が呼ばれたのはこの件も含めてのことらしい。

だがオーナー以外は、岩渕の起こしたことをまったく知らないようなので安堵した。

やがて案内されたのは、標高八百メートルの丘陵地帯に広がるブドウ畑だった。東の空が白みがかってきたと同時に収穫が始まる。完熟したブドウの茎にはさみを入れて摘み取り、プラスチックの箱の中へどんどん積んでいく。

それだけの作業なので彩乃は高《たか》を括《くく》っていたのだが、十五分もすると体が悲鳴を上げ始めた。

――腰が痛い。というか全身が痛い！

ブドウ栽培では、藤棚に似た平棚栽培が用いられることが多く、屋根状に広がるブドウの葉から房がぶら下がって実っているらしい。だが本日の畑は垣根栽培といって、ブドウの枝が垂直に伸びて垣根のようにずらっと並ぶ栽培方法が採られていると秀が教えてくれた。

これだと低い位置にブドウが実り収穫しやすいのだが、中腰での作業になるため腰に負担がかかりやすい。しかも足場が斜面になっているので、転がり落ちないよう踏ん張っていると体のあちこちに無理な力が入る。

彩乃は背筋を伸ばして大きく息を吐き、帽子を取って額の汗をぬぐった。十一月の早朝はかなり気温が低いのだが、防寒対策として着込んでいるため、農作業をしていると暑いぐらいだ。しかしそれだけがこのキツさの原因ではないと気がついている。体がなまっているのだ。

もともと霧恵の体は体力がない。しかも引きこもり生活は半年近くにのぼる。そして家事労働はほとんどレナがしていた。体を動かすことといえば、庭仕事ぐらいしかしていない。体型が変わっていないため気づかなかったが、生き返ったときより霧恵の体はますます筋肉が落ちている。

これはかなりまずい。だいぶ明るくなってきた空を見上げながら大いに焦った。このままでは確実に太るだろう。今は梢に母乳を与えているから、栄養もどんどん吸い取られて体型維持ができている。けれど卒乳すれば、消費されない栄養分は脂肪に変わっていく。樽になった己の体を想像してゾッとした。

だがそれよりも、この現状は人としていかがなものか。働きもせず家事もせず、ただ運命を嘆いているだけの毎日。脳裏に〝穀《ごく》潰し〟〝無駄飯食い〟との単語が浮かんだ。

そこへタイミングが悪いことに秀がやって来た。彩乃の暗く蒼褪めた表情を認めた彼は目を見開く。

「大丈夫か、体がつらいのか」

宙に浮かせた手をオロオロと動かす秀の姿を見た途端、彩乃の中で罪悪感が一気に膨れ上がった。引きこもりどころか、自分は彼の優しさに甘えて夜の営みさえ拒み続けている。

「秀さん……」

「どうした、何かあったのか」

「私、働くことにする」

「は？」

体調について尋ねたはずが、労働をするとの宣言を返されて、秀の目が何度も瞬いた。

「フルタイムではまだ難しいかもしれないけど、少しずつ社会に出て行こうと思う」

「お、おう」

彩乃の勢いに押されたのか、秀はやや仰け反りながら頷いている。それでもすぐに笑みを浮かべて彩乃のそばに腰を下ろすと、ブドウの茎にはさみを入れた。

「なんで急にそう言い出したかはわからないけど、彩乃さんの好きにするといい。応援するよ」

パチン。澄んだ空気を断ち切るかのような音を立てながら、手早く丁寧にブドウの房を摘み取っていく。彩乃も慌てて腰を落とし、はさみを握り直す。しばらくの間、お互い無言で大地の実りを集めていた。

しかしそのうちに彩乃は尻餅をついてしまう。しゃがんだ状態で横へ移動しながらの収穫は、腰への負担が軽減される代わりに両脚の筋肉が酷使される。小さく呻く彩乃を見て秀が噴き出した。

「休みながらゆっくり続けてくれ。まだまだ時間はあるから」

「うう……、でも足手まといになりたくない」

「まさか、そんなこと考えたりしないさ。来てくれるだけで嬉しいんだよ、俺は」

その言い方に首を捻る。もしや労働力として期待されてはいなかったのだろうか。

秀の横顔を注視していたら、彼は前を向いたまま気まずそうに口を開いた。

「人手が足りないっていうのは本当だよ。ただちょうどいい機会だから、ワイナリーの仕事がどういうものか知って欲しいって思ったんだ」

「どうして？」

「あー、まあ、その……もし俺が独立するなら、家族経営の小さなドメーヌにしたいと思っているから」

「ドメーヌ？」

「自家栽培のブドウのみでワインを造るワイナリーのことだよ」

信州ヴィンヤードのような大手ワイナリーだと、自社栽培以外にも、契約農家が栽培したブドウを買い取ってワインを醸造している。もちろん農家に栽培をまかせっきりではなく、どのようなブドウを作って欲しいかとの連絡は密にしてある。

逆に、自分の畑でブドウを栽培して醸造所へ持ち込み、ワインを造ってもらうというケースもある。

だが秀は、自ら育てたブドウを自らの手で醸造したいと、ヴィニュロンであり続けたいと夢を語った。

「ヴィ……ええっと」

「ヴィニュロン。栽培醸造家のこと」

フランス語で、自分で育てたブドウでワインを醸造し、そのワインを売って生計を立てている人を意味する。

「へえ、じゃあ独立を決めたんだ」

「具体的にはまだ何も決めていないよ。でも君がついてきてくれるって言ったから、本気で考えようと思って」

生活環境も変わるから、負担をかけると思うけど。と、申し訳なさそうに呟く秀の横顔を、彩乃はじっと見つめる。

――こんな私でよければ、あなたの行きたいところへ、どこへだってついていくわ。

照れくさくて言いにくい言葉だったが、それでも声に出して伝えようと思ったとき、視線の先にある横顔が光に染まった。同時に周囲の景色も光を浴びて色を変えていく。

秀が上方へ視線を向けたので、釣られて顔を上げた彩乃は思わず息を呑む。

北アルプスが朝日を浴びて黄金色に輝いていた。

朝焼けは赤く染まるものと思い込んでいた彩乃は、呆然として金色の山々を見つめてしまう。周囲の人たちも収穫の手を止めて歓声を上げている。

素晴らしく雄大な景色だった。薄《うっす》らと山頂に積もる雪がまるで砂金のように煌《きらめ》いている。

「これはアルペングリューエンっていうんだ」

黄金色の景色に見惚《みと》れていた彩乃は、秀の言葉で彼へ眼差しを向ける。アルペングリューエンとは登山用語で、朝日を受けて山が黄金色に輝く現象を指すそうだ。続けて彼は、百年前から変わらない景色だと告げる。

「日本にあったっていう四季はなくなったけど、変わらずに残っているものはたくさんあるよ」

温暖化による海水面の上昇で、海岸線は百年前よりかなり変わっている。だが内陸の山々は変わらぬ雄々しさを見せてくれると、秀は微笑みながら話す。

「そうだ、今度の休みに探しに行かないか。百年前に君が見た景色と同じものを」

そう告げて見つめてくる眼差しが、途方もなく優しいと彩乃は思った。胸の奥からせり上がる高揚を抑え付けるため、拳をきつく握り締めなくてはいけなかった。しかし声の震えを止めることはできなかった。

「どうして」

「ん？」

「どうして、そんなことをしてくれるの」

同じような疑問を以前にもぶつけた。霧恵の伯母、武田春奈に会いにいこうと誘ってくれたときに。あのときはちゃぶ台返しをさせるほど彩乃を怒らせた詫びだ、と言っていたけれど、今はどうして。

「ここは君が彩乃さんとして生きていた時代じゃないけど、同じ世界だからね。同じであることを少しずつでいいから感じて欲しいと思ったんだ。時代や社会が変わっても、足を下ろす大地は常に同じだからね」

大地、との表現は農業に生きる秀らしい言葉だった。そして彩乃にとっても、その言葉は心にするりと入り込んだ気がした。

百年前と今では、同じ日本でも様々なことが大きく変わっており、彩乃はその差異に違和感を抱き続けていつまでも馴染めずに引きこもっている。そんな頑《かたく》なに閉じた心でも素直に受け入れられる言葉だった。

百年前と同じ景色を見て、それが存在する今を少しずつ受け入れる。それはとても素晴らしい方法だと思った。

そのとき秀がスタッフに呼ばれて彩乃のもとから離れて行く。広い背中を見送る視界が滲んでしまうから、慌てて腰を下ろしブドウの茎にはさみを入れようとした。しかしぼやけた視界ではよく見えない。

涙が止まるまで、そっと眦をぬぐい続けた。

4

百年前と同じ景色を求める旅を始めたとき、彩乃は真っ先に東京へ行きたいと秀へ告げた。住んでいた時間は短いけれど、最愛の家族がいた幸福の象徴である土地。恋愛も結婚も出産もすべて東京だった。最期のつらい記憶以上に幸せな思い出がたくさん残っている。どうしてもあの地へ行ってみたいと強く望んだ。

しかし秀のほうは困ったような表情を浮かべて躊躇っていた。現在の東京は、彩乃の記憶にある姿と違うのではないかと言うのだ。

二〇一七年、彩乃の死因となった首都圏大震災が起きた際、液状化現象で建物が倒壊し、広範囲で発生した火災も合わさって、交通、通信、住環境の大半が破壊された。首都機能は完全停止。日本経済が大打撃を受けて壊滅状態となった。

この頃より拍車がかかった人口減少にとどめを刺され、日本の斜陽が始まったと言われる。経済の回復がなされたのは、それから十余年が経過した頃だった。

現在の東京に、かつての繁栄の姿はない。

超高速移動システム〝エヴァポーター〟の登場によって、人々は地方に住んでいても短時間で東京を訪れることが可能になった。彩乃が住む長野県からだと十四分で到着できるほどだ。人や企業の流出に歯止めがかからなくなり、首都の人口は震災後から緩やかに減り続けた。そのため住民不在の家屋やマンション等は撤去を推し進められ、農地や工業地を増やすことになる。現在、東京の市街地はエヴァポーター駅の周辺にしか形成されていない。

かつて不夜城として栄えた東京は、今では緑豊かな都市に様変わりしていた。

それでも彩乃にとって忘れがたい地名だ。迷う秀を説得して東京駅へと降り立った。そこは長野駅より規模は大きいものの、彩乃の記憶にある風景とはまったく異なっていた。

プラットホームはエヴァポーターの路線のみで、日本各地へと繋がるチューブ管が幾つも並んでいる。利用者は多いものの、かつての東京駅の混雑を知っている彩乃には閑散として見えた。

秀から、東京駅の最上階は展望室になっているため街を三百六十度見渡せる、と教えてもらい四階へ上がる。

駅の位置は彩乃が知る丸ノ内ではなく、丘陵地帯に建てられていた。小高い丘の頂上から見下ろす首都は、全体の大きさを俯瞰《ふかん》することができるほど小さい。円状に広がる都市の周囲が、見渡す限りの紅葉に彩られていた。南には遠くに海の輝きを望むこともできる。

窓ガラスの向こう側に広がる景色には、彩乃の記憶と一致するものは何もなかった。胸の奥で痛みを伴う寂寞《せきばく》を抱いたが、これで吹っ切れたとの気持ちもある。

本当に何もかもが違う東京の姿だった。あの高層ビルが乱立する大都会がこのような自然あふれる姿になるなど、自分が生きていた頃の人間は誰も予想できなかっただろう。

でもだからこそ、ここに自分が求める思い出は何も残っていないと実感できた。もしほんの少しでも過去を思い起こさせる街の姿を見たら、必死に思い出を捜し求めてしまったと思う。祐司と初めて会った場所を、デートをした店を、同棲のように暮らした彼の部屋を、千晶を産んだ病院を、たった一年と九ヶ月間しか住まなかった新居を。

それは現実を少しずつ受け入れようともがく彩乃にとって苦しいことだった。いつまでも過去を懐かしみ泣いてばかりでは、新しい人生を歩むことはできない。働こうと、この時代の大地に根を下ろして生きようと自分で決めた。

そして秀についていくと決めた以上、独立する彼を支えねばならない場面も増えるだろう。後ろ向きのままではいられないのだ。

だから東京に来て良かった。ここにはもう、自分の過去を思い出させる存在はなにもない。それがわかっただけでも収穫はあった。

ほんの少し涙を零したけれど、安易な慰めの言葉などかけない秀が、そっと頭部を撫でてくれたから、それだけで良かった。

§

彩乃は当面、信州ヴィンヤードで短時間のアルバイトをすることになった。秀が、初対面ではない人々がいる場のほうが早く馴染みやすいし、何よりトラブルが起きても自分がフォローできると熱心に説得してきたのだ。

彩乃にしてみれば、自分の失敗が彼へ降りかかりそうで怖いのだが、まったく知らない人たちに囲まれるよりはましかもしれないと考えて頷いた。今のところそつなく過ごしている。

やがて身を切るほど凍えた寒風が吹く真冬、収穫したブドウをワインへと醸造する仕込みを終えて、ワイナリーは静寂に包まれる。信州ヴィンヤードは新酒——その年に採れたブドウで造ったできたてのワイン——を販売しないので、発酵を終えたばかりのワインは樽の中で眠りにつき、時間をかけて味や香りをまろやかに複雑にしていく。

ブドウ畑の木々も、一見すると枯れたような状態で休眠期に入り、秀の帰宅は早くなった。

彼は休みのたびに彩乃を連れて、彼女の記憶にある風景を探して歩いた。訪れたことはないがテレビで見たことがある屋久島や、黒部峡谷《きょうこく》、東尋坊《とうじんぼう》などへも足を向けた。梢を連れて泊りがけで、冬でも過ごしやすい沖縄も訪れた。

彩乃は中学校の修学旅行で京都と奈良へ行ったため、子どもの頃に見た姿と同じ金閣寺や清水寺を見たときは、感動のあまり歓声を上げてしまった。建築物が百年経っても残されているなんて、世界文化遺産だから当たり前かもしれないが、とても感動した。

その他にも法隆寺や東大寺大仏殿なども、時間という名のゆるやかな荒廃に負けず、その存在感を現代に残していた。

見たことがある土地を訪れては過去を思い出し、今現在の景色と重ねてこの時代を受け入れていく。そのたびに彩乃は少しずつ、己の気持ちが秀へと寄り添っていくのを感じた。

それと同時に、なぜか祐司の気配をそばに感じるようになった。ふとした瞬間に彼が隣にいると思って視線をさまよわせることがある。もちろん祐司はこの時代に存在しない。土の下で静かに眠っている。

もしかして化けて出てくれたのだろうか。……いや、秀へ気持ちが傾きつつあることに対して、罪悪感を抱いたのが原因かもしれない。

だとしても構わないと、変化していく己の心をゆっくり認めて、受け入れていった。


やがて彩乃が生まれ変わった二一一四年が終わり、二一一五年の二月十日となった日に、それは起きた。

三日後の二月十三日は梢の一歳の誕生日である。祝いの日を間近に控えた今日、赤子はつかまり立ちをするようになった。最近では彩乃を「まー」と呼び、秀は「ぱー」と呼び、レナは「えー」と呼ぶ。レナの場合は「れー」と呼びたいのに呼べないのだろう。

順調に育つ梢は現在、彩乃と一緒のベッドで寝ている。相変わらず秀と寝室を分けているので、彼は自分と寝てくれない娘を見ては寂しそうな表情をしていた。

彩乃はその表情を認めるたびに、心が申し訳ない気持ちでいっぱいになる。

本来なら秀と梢の三人で寝るのがもっともいい方法だが、彩乃は寝室を共有する勇気がいまだに持てない。秀を完全に受け入れて祐司を過去の存在にする一歩が、なかなか踏み出せないでいた。

その日の夜、主寝室の広いベッドの上で梢を寝かしつけた彩乃は、部屋の電気を消してリビングへ戻ろうと赤子に背を向けた。そのときかすかな異音を拾い、ふと振り返る。ひどく小さな音だったが、呻き声のようだと感じたのだ。電気を付けた瞬間、あまりの異常に声にならない悲鳴を上げる。

つい先ほどまで穏やかな寝息をたてていたはずの赤ん坊が、白目を剥き四肢を突っ張らせて痙攣《けいれん》しているのだ。しかも桜色の唇がドス黒い色へどんどん染まっていき、口の端から泡を噴き出している。

驚愕のあまり固まってしまった彩乃は、真っ白でキメの細かい赤子の肌に、醜い赤紫色の斑点が無数に浮かび上がってくるのを認めた。

――あれは、あの症状は……。

初めて見る異様な姿に、己の脳が焼けるほどの熱を持った。同時に激しい痛みが発生して頭を両手で押さえる。

この感覚を自分はよく知っている。霧恵の記憶を探ろうとするたびに襲われた痛みだ。まるで覗き見を咎《とが》めるかのような鋭い痛み。

そのとき、ごふっと赤子が泡を吐き出した。命の危機を感じた彩乃は痛みを振り切るかのように叫び、梢を抱き上げると両脚が崩れそうになるのを懸命にこらえてドアを開けた。

秀が足音を立てて階段を上ってくる。

「どうした彩乃さん！」

悲鳴を聞いて駆けつけてきた秀の視線が、彩乃の腕の中へ注がれる。彼の双眸が限界まで見開かれた。

「ルドング病だ！　――レナ！　研究所へ連絡を入れろ！」

「かシこまりまシた」

階段の下で控えていたレナが、体に内蔵されている電話を動かしたらしく、コールの音が彩乃のもとまで聞こえてきた。

「しゅう、さん、こ、こずえちゃん、は」

「しっかりしろ！　すぐに治療をすれば助かる場合もある。研究所は常に受け入れ態勢を整えているから大丈夫だ」

腰が抜けて座り込んでしまった彩乃から赤子を抱き上げようとしたので、咄嗟に腕へ力を込めて梢を抱き締めた。

「私も行く！　梢ちゃんから離れたくない！」

叫ぶような強い口調に一瞬怯《ひる》んだ秀だったが、すぐに「急いで着替えてこい。車を出しておく」と言い放って一階に駆け下りる。秀はまだ洋服を着ていたが、梢と風呂に入った彩乃はパジャマ姿だ。

大急ぎで着替えてコートを羽織り、いまだに痙攣し続ける梢を毛布で包んで秀のもとへ急ぐ。車はすでにガレージから出されて車道で待機していた。秀と二人で後部座席のチャイルドシートへ赤子を固定させて、彩乃はその隣にすわり込む。

オートドライビングシステムを解除した秀は手動運転に切り替え、法定速度を超えるスピードで疾走した。その間、お互いに無言だった。

このときほど研究所までの道のりが長く感じたことはない。オートドライブでは二十分ほどで着く距離がやけに遠い。

梢の変色した唇から流れ出る泡を拭き取りつつ、彩乃は斑点が浮かび上がった体を服の上から必死に撫でる。いまだに痙攣は続いており、このまま息が止まってしまうのではないかとの恐怖から己の体まで震え上がった。

どうか助かってと心の中で神に祈りながら、赤紫色の斑点を見て脳裏に閃くものがあった。

なぜこれを忘れていたのだろう。ルドング病患者の特徴は、全身に浮かび上がるこの斑点だ。乳幼児はさらに熱性痙攣にも似た症状を伴い、大人だと脳に激しい痛みを感じて昏倒《こんとう》するケースがある。ルドング病の研究員だった霧恵ならば見慣れている光景だ。それなのに自分は梢が発症したとき、すぐには思い出せなかった。

霧恵の脳を探ると、今までは頭痛のため見ることが阻止されていた記憶の一部が、なぜか鮮明に浮かび上がってくる。

病衣を着用した霧恵が手鏡を見ている場面だった。彩乃は霧恵の視点で鏡を見つめている。左右反転して映る顔には赤紫色の斑点が無数に散らばっており、ところどころ窪んで唇の色も優れない。彩乃から見ても素直に美しいと称賛する美貌が、無残にも損なわれていた。

やがて己の顔が、霧恵の表情が歪んで彼女は鏡を床へ叩きつけた。木っ端微塵《こ ぱ》に砕かれた破片が四方に飛び散った……。

他の場面も浮かび上がる。研究所へ入院となった霧恵を秀が見舞いに訪れた際、彼女はシーツを頭まで被って己の姿を隠した。シーツ越しに、症状なんか気にしないよと告げる秀の声が聞こえてくる。それでも霧恵は決してその顔を夫へ見せなかった。

だから秀は霧恵が眠っているときに見舞うことが増えた。斑点が浮かんだ土気色の顔でもいいから、もうすぐ消えてしまう妻に会いたかったのだろう。

彩乃が生まれ変わったばかりの頃、彼との口論で「鏡を見るのが楽しい」と自分は言ったことがある。彩乃としての容姿より、間違いなく霧恵のほうが美人であったから。だがその際、秀はまるで親の仇《かたき》を見るような眼差しで睨んできた。己の変貌に苦しみ、鏡を嫌悪した霧恵を思い出したのだろう。

知らなかったとはいえ、なんて酷いことを言ったのか。彼との生活を始めたばかりの数週間、自分たちはかなり険悪な関係だった。それは秀だけが原因ではなかったのだと初めて知る。恥ずかしさから時間を巻き戻して彼に謝りたいぐらいだ。

――ごめんなさい、秀さん。

無言のまま夜道を走る彼の後頭部を見つめて、心の中で何度も詫びる。

梢の口の泡をぬぐい続けながら、秀のためにも子どもが助かるよう、一秒でも早く研究所へ着くことを願っていた。

研究所に着いたとき、真っ暗な空からちらほらと白い雪が舞い降りてきた。吐く息も白く染まり虚空へ溶けていく。

梢に雪が当たらないよう毛布で全身を包み、警備員が立つ正面入り口の自動ドアをくぐると、白衣を着た二人の研究員がすでに待ち構えていた。一人は打越で、もう一人は知らない男性だ。深夜に近い時間であるのにこうして待機しているところを見ると、患者の搬送件数は多いのかもしれない。

二人の研究員は梢を引き受けてすぐさま研究室へ向かったが、その際、打越が彩乃の顔を見て薄笑いを浮かべたことに気がついた。しかし梢のことで頭がいっぱいで深く考えることなどできない。次いで看護師と思われる女性が発症の状況や梢の病歴、家族歴、日常生活の様子などを聞き取り、研究室へ消えていった。

静寂に支配された廊下で残された二人は、ベンチへ力なく座り込んだ。ここから親にできることは無事を祈ることだけだ。お互いに無言で、閉ざされた白い自動扉を見つめることしかできなかった。

それから二時間後、研究室の扉が開いた。出てきたのは先ほどの男性研究員と看護師だった。二人の説明によると梢は予断を許さない状況らしい。そのため今後のことを決めたいと述べた。

「お父さまは配偶者さまの移植を経験済みと聞いておりますが、規則ですので今一度説明させていただきます」

ルドング病は精神が死ねば、ほどなく肉体も生命活動を停止する。その前に新しい魂を移植しなければ完全な死を迎えることや、移植をする、しないは今から二十四時間以内に決めて欲しい等を伝えられた。もし移植を希望する場合は、魂の選定に希望があるのか、こちらに任せてもいいのかも決めなくてはいけない。最後に移植に関する書類を受け取って、研究室へ戻る二人の背中を見送った。

彩乃は手渡された書類へ視線を落として呟いた。

「こんなときに決めないといけないのね……」

梢の苦しむ姿が脳裏から消えなくて、彼女が助かるかどうか不安で胸が張り裂けそうなのに、子どもの死を受け入れるか、それとも他人の魂を使って助けるか、倫理的ジレンマに答えを出さなくてはならない。今はまともな思考など働きそうにないが、猶予は二十四時間しかないとは。

ちらりと隣に座る秀を横目で見やる。彼は背を丸めて項垂れており、その表情は伸びかけの前髪に隠れてよくわからない。声をかけづらく、手の中にある書類を丸めたり広げたりして時間を潰す。

やがて興奮していた神経が落ち着いてくると、少し眠気を感じてきた。欠伸をかみ殺してから思い切って秀へ話しかける。

「秀さん、ここは私が残っているわ。戻って休んだほうがいい。明日も仕事でしょう」

彩乃に明日の仕事はない。冬季のワイナリーは来場者数が減って仕事も減るため、土曜と日曜しかシフトが入っていなかった。

しかし秀は農閑期でも大切な仕事がある。剪定《せんてい》といって、来シーズンに残す芽を決めて伸びた枝や蔓《つる》を切り落とし、芽の数を制限する作業だ。高品質なブドウを生産するための重要な仕事であり、樹形を整えて栽培管理をし易くする作業でもある。雪が積もっても少しずつ広い畑を回っていかねばならない。

秀は彩乃に促されても俯いたまま動かなかった。しばらくしてから、「そうだな」と小声で呟いて立ち上がり、虚ろな瞳で彩乃を見下ろす。

「君の着替えとかはどうする。持って来ようか」

「必要ないわ。明日、秀さんが戻ってきたら交代させてもらう」

「わかった、梢を頼む。何かあったらすぐに知らせてくれ」

移植のことには触れず、秀は出入り口へ足を向ける。本当は話し合うべきなのだが、彩乃には口火を切らない彼の考えがわかるような気がした。

たぶん秀は、この局面で意見を訊くべきか躊躇っているのだろう。そして自分は意見を述べるべきかを迷っている。その根底には、彩乃は梢の実母ではないとの共通認識があった。

この場にいたのが霧恵ならすぐさま移植を望むだろう。夫と娘のために肉体だけでも遺そうと決断した彼女ならば、すぐに答えがでそうだ。秀も相談しやすかったのではないか。

では自分ならどうなのか。赤子への移植は魂の記憶が残らないので、移植を選択しても家族との生活に不都合はない。

しかしそれ以前に、一人の人間の歴史を消し去ってまで延命する方法に迷いを感じる。己が今の人生を完全に受け入れていないことが原因かもしれない。それは即ち、彩乃が移植に利用された側で物事を考えていることに他ならない。未来に生きる者によって、尊厳を踏み躙《にじ》られた者としてこの事態を見ているのだ。

——秀さんはそれをわかっている。だから私には相談できないんだ……。

こんな大事なときに彼を支えてあげられないなんて。自分の不甲斐なさに両手で顔を覆い歯を食いしばる。泣くべきじゃない、泣きたいのは彼のほうだと必死に己へ言い聞かせた。

研究所には入院棟が併設されているため、緊急入院となった患者の家族は宿泊用の家族室へ案内される。だが彩乃は待合所で夜を明かした。梢がいる第一研究室のすぐそばであったから。

翌朝、まったく食欲も湧かないので、フルーツジュースだけを飲んで時間を過ごす。ときどきベンチでウトウトしながら、梢が助かるとの知らせを待ち続けた。

午前九時、研究室の扉を見つめ続ける彩乃のもとへ、所長の大川が近づいてきた。

「霧恵くんのお子さんが運ばれたと聞いてね」

今日の待合室は降雪のせいか、彩乃以外に患者の姿はない。大川は遠慮なく隣に腰を下ろしてきた。離れて欲しかったが文句を言う気力も削《そ》げ落ちていたため、適当に挨拶をして研究室の扉を見つめる。

「あの子は霧恵くんと同じく、奇病にかかることなく大人になると思っていたよ」

三歳未満の子どもが九割も罹患する恐ろしい病だが、幸運にも災いから逃れる子が確かに存在する。数は少ないが霧恵もその一人だ。彼女は己の体質を調べて感染を防ぐ研究をしていた、と大川は淡々と語る。

……この人は何が言いたいんだろう。彩乃は寝不足のため、うまく働かない頭で彼の話を聞き流していた。昔話をしに来たのかと思ったが、口を開くのも億劫だったため無言を貫いた。

「だから霧恵くんが死んだ今、あの子が奇病にかかってほっとしているよ」

ぼんやりと霞《かすみ》がかった意識が急速に覚醒してきた。男の横顔を彩乃は信じられない気持ちで凝視する。我が子が死の淵をさまよっているときに、親へ何を言っているのか。

この男は人の血が通っているのかと、大声で罵声を浴びせたい衝動が膨らむ。しかし彩乃が口を開く直前に、大川は胸ポケットから取り出した封筒を差し出してきた。

「もうこれは必要ない。君が処分するといい」

それだけを告げると廊下の奥へ去っていった。

何よ、これ。彩乃は封筒を矯《た》めつ眇《すが》めつしてから開封する。中には三つ折りの紙が一枚だけ入っていた。それを広げて上から順に目を通していくと、己の両手がブルブルと震えだして文字を追えなくなった。呼吸が乱れて荒い息が吐き出される。

それは梢を、ルドング病の臨床試験に参加させる契約書だった。霧恵の名前で認める旨のサインが書かれている。条件は、梢が五歳を過ぎてもルドング病に罹患しなかったときとなっていた。

間違いなく霧恵の直筆だと、己の脳から知りたくもない答えがでてくる。さらにこれは治験というものではなく、人体実験であることまで記憶が教えてくれた。

「霧恵さん……なんで……」

我が子を研究に使うだなんて、なぜ。

呆然とする彩乃は、いつの間にか紙を握り潰していた。かなりの時間が経過して我に返ると、慌ててくしゃくしゃになった紙を細かく引き裂いてゴミ箱へ突っ込む。

秀へは伝えられない、絶対に伝えてはならないと、肩で息をしながら己へ言い聞かせた。

その後、午後二時頃に憔悴《しょうすい》した表情の彩乃のもとへ、担当の男性研究員が近づいてきた。昨日と変わらない泰然とした態度だが、ほんの少しこちらを見据える瞳に同情が混じっており、彩乃は反射的に立ち上がる。

やがてその日の夕方、仕事が終わったにしては早すぎる時刻に秀が戻ってきた。

「彩乃さん、梢は？」

彼から子どもの様子を問うメッセージを何度も受け取っていたが、彩乃は研究員に告げられたことを直接話したかったため、梢の状態に変わりがないことしか返信しなかった。――助かる見込みがなくなったことは、自分の口から告げたかった。

ただ、大川に渡された紙については己の心に留めていた。

秀は覚悟をしていたのか、いっさいの表情を消すと無言でベンチに腰を下ろす。三歳未満の罹患率は九割。そして致死率も九割。現代人のほとんどは移植を受けて助かっている。秀も心のどこかで、今日の日が来るのを覚悟していたかもしれない。

しばらくして彼は、移植をどうするかと弱々しい声で問いかけてきた。彩乃はそう訊かれたときの答えをすでに考えてあった。

「私は梢ちゃんの母親だけど、母親じゃない。だから梢ちゃんのお父さんであるあなたの判断を支持するわ」

彼が決めたことに従うのではなく、支持をしたかった。秀一人に重荷を背負わせるのではなく、同じ気持ちで共に支えると決心していた。

秀は大きく息を吐き、彩乃を射貫くかのような強い眼差しで見やる。

「移植をする」

彩乃は小さく頷いた。他人の魂を入れてまで我が子を生かす葛藤も、死者となる彼女を土に還したほうがいいとの反論も、秀はすべて飲み込んでいるから何も言わなかった。

彩乃に言われずとも、この世の誰よりもよくわかっている。この人はすでに一度、この苦しみを味わっている。

「これからも、一緒に梢ちゃんを育てていこうね」

あなたの決断に、私は一生ついていく。もう心の中で誓っていた。だから必死に笑みを浮かべた。

秀の顔にやっと人間らしい表情が浮かぶ。悲嘆を隠し切れない彼の体が倒れて、彩乃の膝に顔を埋めた。地を這うような低い嗚咽《おえつ》の声に、彩乃の双眸からも涙が落ちる。

——これが百年後の未来だなんて。

あまりにも残酷な世界だった。この世に蔓延《まんえん》する奇病は、これほどまで容易《たやす》く愛する者を奪っていく。

秀の慟哭《どうこく》が心に痛い。彼からこんな短期間に家族をすべて奪わなくてもいいのに。これ以上、苦しんで欲しくないのに。笑っていて欲しいのに。

広い背中に覆い被さり、一緒に声を押し殺して泣いた。この人を救いたい、幸せにしてあげたいと心の底から思いながら、共に涙を零した。

乳幼児がルドング病に罹患すると、体力がないためか死亡するまでの時間が短い。大人の霧恵が発症して亡くなるまで十一日間もあったのに、梢の場合は二、三日の寿命だと告げられた。移植の準備はすぐさま進められる。

彩乃も秀も移植する魂に、女性であれば誰でもいいと多くは希望しなかった。そこまで深く考える余裕もなかった。

研究所によって選ばれた魂の情報を秀は知ろうとしなかったが、彩乃は彼がいないときに担当研究員へ尋ねてみた。名は塚本京子《つかもときょうこ》。一九六八年生まれで享年三十八歳。和歌山県に在住していた女性だった。

若くして亡くなったのかと思いを馳せると、己の死因がフラッシュバックして胸が苦しくなり、呼吸までも止まりそうになる。それ以上の個人情報は聞かなかった。

二月十三日の夜、移植を終えて全身の斑点が消えた梢へ、二日ぶりに触れることができた。秀と二人で小さな体を抱き上げると、茫洋とした瞳が天井を見上げている。いつも親を見れば笑顔で手を伸ばしてきたのに、四肢をのろのろと動かすだけで視線は定まらない。新生児と同じなのだ。新しい魂は今から様々なことを吸収していく。

担当の看護師から、「お子さんの名前をたくさん呼んであげてください」と言われた。真っ白になった魂はとても不安定で、心を失ってしまうケースもあるらしい。両親が名前を呼んで愛情を注ぐことで、魂は安心するのだという。

「梢ちゃん」

「梢」

秀と共に何度も呼びかけた。だが彩乃の脳裏にはそのたびに〝塚本京子〟の名前が浮かび上がった。梢を抱き締めて頬をすり合わせる。

「梢ちゃん」

以前の表情豊かな様子とは一変した梢を見て、九ヶ月間、共に暮らして可愛がった子どもは死んでしまったのだと思い知った。こうして助かったのに生きているのに、あの子はいなくなってしまった。今頃は霧恵のもとへたどり着いたかもしれない。母娘で寄り添っているかもしれない。そう信じたかった。

「梢ちゃん」

名前をたくさん呼ぶのは親のためでもあるのだろう。生まれ変わった我が子を受け入れるための、心の準備。愛する者の名を呼び、その体に宿る魂をお互いに受け入れていく、そのための儀式。

それを理解した瞬間、胃が絞られるような痛みを感じた。秀と共に初めて帰宅した翌日、自分は彼へ霧恵ではなく彩乃と呼べと言い放った。あのときの秀の顔を今でも覚えている。

様々な感情をない混ぜにした苦しそうな表情。彼はあの瞬間、間違いなく妻が死んだことを痛感したのだ。理性ではそれをわかっていながらも、目の前で動いている霧恵を見れば、彼女を愛する夫ならば中身も妻であると思い込みたかったはず。なのに自分はそれを断ち切ってしまった。淡い希望を潰してしまった。私は霧恵ではないと、妻の死を宣告してしまった。

彼はその後しばらくの間、交際を提案したにもかかわらず口を利かなかった。妻の死を突き付けた張本人と、どう接していいのかわからなかったのだろう。心の整理がつかなかったのだと今ならわかる。なんて酷いことを強要したのか。

「梢ちゃん……」

涙が零れ落ちた。魂を、他人の命を選ぶだなんて、あまりにもおこがましいことではないのか。神の行為を人が成《な》して許されるのか。

それでもあの苦しむ様を目の当たりにしながら、あのまま死なせることを望む親がいるとは思えない。たとえ魂は死んでも肉体だけは助けたいと、愛する者の半分だけでも生きていて欲しいと望むだろう。

自分たちのように。

倫理に沿って人そのものの死を受け入れるのか、魂のみの死で運命に抗《あらが》うのか、遺されるとってどちらが正しいのか、彩乃にはもうわからなかった。人類は時空を超える技術さえ生み出したのに、なぜ魂を救う方法を見つけられないのだろう。

「こずえ、ちゃん……」

ボロボロと泣き出した彩乃を見て秀が驚く。どうした、と自分へ向けられる声がとても優しくて、彼も悲しんでいるのにそれでも気遣ってくれる器の大きさに、またも涙が零れた。

「ごめんなさい……本当にごめんなさい……」

――あなたの望む霧恵になれなくて。

しゃくり上げる彩乃の喉からは言葉にならない音が漏れるだけで、秀はなぜ泣きながら謝ってくるのかが理解できない様子だった。困り果てて、梢を抱き締める彩乃をそっと抱き寄せる。

背中を撫でられる感触に彩乃の瞼が閉じられ、筋肉質な胸部に額を添えた。肌から鼓動が感じられてほんの少し落ち着いた気がする。間違いなく生きている音が心地よかった。

優しい人だ。妻の死を突きつけた私へ、恨み言なんてただのひと言も言わなかった。

「ごめんなさい……」

「さっきから、なんで？」

「私の、名前を、呼ばせて……」

嗚咽を混ぜながら、何度もごめんなさいと呟き続けた。

首を傾げる秀は、彩乃の言葉を組み立てて意味を理解しようとするうちに、なんとなく悟ったらしい。

「もしかして彩乃と呼べって言ったことを後悔してる？」

小さく頷けばそっと顔が持ち上げられた。間近にある端整な顔には苦笑が浮かんでいる。

「そりゃあ、あのときは恨んだけど、君の人格が残るってわかっていながら移植をしたのに、霧恵と呼ぶほうがおかしいんだ」

「でも、私はこの時代では霧恵さんだもの……本当は霧恵さんにならないといけなかった……」

姿も戸籍も、当たり前だがすべて霧恵のものだ。信州ヴィンヤードでアルバイトをする際、雇用契約書の氏名欄に〝小笠原霧恵〟と自ら記入した。周囲のスタッフは自分を小笠原さんと呼んでくる。運転免許証に写る写真は、この九ヶ月間で見慣れた霧恵の顔だ。自分はこの時代において霧恵以外の何者にもなれない。

彩乃を彩乃として扱う人は秀しかいないのだ。言い換えれば彼が彩乃と呼んでくれなければ、アイデンティティを確立できずに狂っていた可能性もある。

そこで唐突に有賀の存在を思い出した。彼から、ほとんどの成人患者が移植後に自殺をしていると聞かされたが、あれは患者を受け入れる家族にも問題があったのではないか。家族は患者を元の愛する人間として扱い、患者は肉体の家族を赤の他人として扱う。両者に生じる深い溝によって、生まれ変わった患者は居場所を失うのではないか。

自分が生き続けているのは、再び死を選ぶ勇気も度胸もないせいだと考えていた。でも本当は秀によって生かされていたのかもしれない。

泣きながら再び彼の胸へ額をこすり付けた。抱き締めてくれる腕が、慰めてくれる手がとても優しい。彼に触れられることが嬉しいと初めて思った。――この人を愛していると気がついた。

心の奥底にはまだ祐司がいるけれど、かつての夫に対する気持ちとは別に、秀を愛せると希望を持った。

彩乃さん、と呼ばれて袖で涙をぬぐいながら顔を上げる。

「帰ろうか、三人で。途中でケーキも買っていこう」

二一一五年二月十三日。今日は梢の満一歳の誕生日であり、新しい人生を歩み始めた日でもあるから。


梢を連れて二日ぶりに帰る自宅の扉をくぐると、テディベアがすごい勢いで突進してきた。おかげで秀と共に玄関で硬直してしまう。もちろん人間へぶつかる前に急停止したが、彼女の足元から煙が立っているように見えるのは気のせいだろうか。

「お帰りなサいませ、旦那サま、奥サま、梢ちゃま。レナは心配シておりまシた」

「ただいま、レナ。すまなかったな」

「た、ただいま……」

ロボットでも人間を案じる感情が組み込まれているのかと不思議に思う。そのことを秀に訊いてみると、人工知能に関しても霧恵が自分好みに書き換えたので、レナの思考は小笠原家オリジナルのものらしい。本当に彼女は優秀だとまたまた実感した。

レナのおかげで家の中はいつもと同じ状態だった。家人がほとんど帰らなかったにもかかわらず、部屋は掃除が行き届き快適な温度に保たれて、すぐに温かくて美味しい料理を味わうことができた。おかげで彩乃と秀は、ずっと新生児に戻った梢の相手をしていた。

新生児とはいっても体は一歳児なので、普通の赤ん坊とは成長の仕方が違うらしい。研究所より渡された資料を基に育てていくのが通例のようだ。ルドング病に罹患し、魂の移植を行った乳幼児は数え切れないほどいるため、〃〇歳〇ヶ月で移植を行った場合の育て方〃は確立している。しばらくの間は二、三時間おきの授乳が復活するものの、精神が成長するスピードはかなり早いようだ。

それをレナに告げると、巨大テディベアは鼻息を荒くして――実際は鼻息など出さないが彩乃にはそう見えた――梢の夜間の世話を名乗り出た。

「奥サまと旦那サまはこの二日間、まともに休んでおりませン。梢ちゃまはレナがお預かりシまスので、ゆっくりお休みくだサい」

「えーっと、でも、梢ちゃんが心配だし」

助けを求めて秀を見やるが、彼は微苦笑を浮かべて首を左右に振っている。

「レナに任せておけばいいよ。梢を朝まで見ててくれるし、何かあれば俺らを叩き起こすさ」

まあ確かに、寄り添って一緒に寝たとしても、こちらが熟睡してしまえば梢の異変にすぐさま気づけない。レナが夜通し抱っこしてくれたほうがいいのだろう。だが子どもが死の淵から帰還した直後なのに、世話をロボットに任せて自分は安眠を貪るという構図が釈然としない。

しかし秀のほうは梢の誕生日を祝うと、「夕べは眠れなかったから」と告げて風呂に入り自室へ向かってしまう。どうもこの時代の親は、子どもの夜の世話はロボットがするものと刷り込みが入っているようだった。

「奥サまもお早くお休みくだサい」

「……そうね、そうするわ」

散々迷ったものの睡魔がだんだんと押し寄せてきたため、諦めてバスルームを使ってから二階の寝室へ向かう。ドアを開けようとした直前、廊下の奥にある書斎の扉を見つめた。

秀と寝室を分けてから、あの部屋は彼の自室となっている。霧恵の仕事用の資料なども保管してある、二人で共用する部屋だったそうだ。が、彩乃はレナが掃除をするときぐらいしか中を見たことはない。何台ものカメラがずらっと陳列してあった。

あそこはずっと興味を持つことがない場所だった。でも今は中へ入りたいと強く思う。しかし扉を開けてなんと告げればいいのか。あなたを好きになったから一緒にいたいと、または寝室に戻ってきて欲しいと言えばいいのか。……なんだか猛烈に恥ずかしい。それ以前に秀は梢の件で疲れている。おまけにもう眠っているはずだ。

彩乃は肩を落として寝室へ入った。今まで構築してきた関係を変えようとするには、多少なりとも勢いがいる。それに相手の反応も想像すると怖い。拒絶されるとは思わないけれど、もう少し後にしようと思った。

……問題を先送りにするのは、逃げなのかと迷ったけれど。

ベッドに腰を下ろし、リストバンド型の携帯電話をヘッドボードへ置いた。これは目覚まし時計として使っているため、毎晩欠かせない品だ。しかしこの部屋には日付表示もするデジタル時計がすでに置かれている。

その小さな置時計に視線を向けた。スイッチを入れると日付と時刻が立体映像《ホログラム》となって浮かび上がる。二〇一八年九月十七日、午前七時九分と表示される。だが携帯電話の現在時刻は、二一一五年二月十三日、午後十一時十六分。

日付も時間も狂っている映像を、彩乃は人差し指でそっと撫でようとする。しかし指がホログラムを貫通したため手を引いた。

この時間表示こそ己が過去に囚われている他ならぬ証拠だ。これを正しい表示に直さない自分が、秀へ手を伸ばすことに躊躇いを覚える。間違いなく彼を愛しているのに。

……だが心の奥底に祐司がいるのも事実。

二人の男を同時に愛することは間違いなのだろうか。片方の愛は本物で、もう片方は偽物なのだろうか。――私は自分に嘘を吐いているのだろうか。

時計から指を離した彩乃は毛布を頭まで被った。脳裏に秀と祐司の姿が交互に浮かんでは消えていく。固く瞼を閉じて眠りの深淵に潜っていった。

気がつけば研究所のベッドの上で座っていた。ひどく体がだるい。もうこのまま横になりたいのに、意志の力で起き上がっている状態だった。

はあ、と苦しさが混じる吐息を零した際、視線が下に向けられて、病衣の短い袖から伸びる己の腕が視界に入る。

その瞬間、心臓が跳ね上がるのを感じた。体は微動だにしていないのだが、心拍数が上がって痛みさえ感じたのだ。――両腕のいたるところにある赤紫色の斑点を見て。

これが何かはすぐにわかった。梢の肌にあった痛ましい病状を見たばかりなのだ。ルドング病患者特有の症状。だが視界にある腕は大人のもので、しかもこの状況は自分の腕を見下ろしている視点だった。自分が奇病に罹患していると気がついて、血の気が引く音を聞いたと思った。

ふと顔が持ち上がり、今度は視線が窓へ向けられる。夕闇に包まれていく景色が窓ガラスの向こうにあった。外が暗くなるにつれてガラスが鏡の効果を発揮し、朧気ながら自身の姿を浮かび上がらせる。

顔中に斑点を浮かばせた霧恵が映っていた。

瞬時に、これは彼女の記憶だと察した。今まで見ることができなかった過去の一部分を、霧恵の中から見ているのだ。

――でも急に、どうして。

ガラスに映った霧恵の無表情を見つめながら彩乃は混乱する。梢の病状を初めて見たときから、鍵がかかっていた脳の一部分が解放された印象だった。

そのとき病室の扉が開いて大川が入ってきた。背後には有賀と打越もいたが、大川は二人を廊下に残して扉を閉める。霧恵が座るベッドに近づくと口を開いた。

『移植を決めたと聞いてね。正直なところ意外だよ。君は成人患者の移植には反対していたからね』

『はい。別人の魂が肉体を乗っ取るのです。それでは救済になりません。遺される家族は赤の他人となった愛する人のために、さらなる苦しみを背負うことでしょう』

『ならばなぜ移植を望む。成人患者が移植後、ほとんど自殺しているデータぐらい見ているだろう』

やはり霧恵は大人の患者に起きる悲劇を知っていた。知っていながら自らの移植を決めた。なぜ。

霧恵の視線が大川から己の腕へ向けられる。美しい顔に醜い赤紫色の斑点を浮かばせて、能面のような表情に薄らと微笑が浮かび上がった。

『秀には……私の夫へは、成人患者の移植に関する話をしていません。話さないでください。新しい私は死なないかもしれませんから』

『それは誰にもわからないだろう』

『夫と娘に、私の体だけでも遺してあげたいのです』

『そんなことよりなぜ旦那さんに何も話さないのだ。患者の家族は愛する者を失うことで傷ついている。そのうえでさらに、人格が変わった患者を受け入れる努力をしなくてはいけない。そこへ自殺でもされてみろ、遺された者の心の傷は計り知れない』

『そうですね。おそらく一生残る深い傷になるでしょう』

秀は私を愛しているから。そんな霧恵の声が内側から聞こえてきた。同時に彼女の心の奥に、真っ黒い霧のような負の感情が渦巻いているのを感じた。今まで想像してきた〝良妻賢母で愛情深い優しい女性〟の霧恵とはイメージがかけ離れていた。

『旦那さんに後を追わせるつもりか』

『まさか、赤ん坊がいるんですよ。彼は絶対に娘を遺して私の後を追ったりしない』

『ではこれはどういう意味で寄越《よこ》したのだ』

大川の手には彩乃が受け取った封筒がある。梢を臨床試験に差し出す忌まわしき契約書が。

『君が死ねば子どもの保護者は旦那さんのみになる。彼の許可なく未成年の臨床試験など不可能だ。しかも父親ならば絶対に許さないだろう』

『そうでしょうね』

だけど悩むに決まっていると彩乃は思う。優しい秀は、娘を研究に使おうとする妻の願いを知って、怒るより戸惑い、混乱して悲しむだろう。

彩乃の意識に契約書の紙面が浮かび上がる。あれを見たときの衝撃は語り尽くせないほど大きかった。自分でさえ強すぎるショックを受けたのだから、秀ならば心の傷は修復できないかもしれない。霧恵と梢を愛している彼なら――。

あの書面は、ただただ秀を追い詰めるためだけに書いたのだと理解できた。……わかりたくなかった。

そのとき、ふふ、と楽しそうな笑い声が霧恵の唇からかすかに漏れる。その声音で、この場面で笑う精神で、彼女がすでに狂っていると察した。逃れられない死を目前にして、未来への夢や希望を断ち切られて、心を失っていると。

霧恵の記憶から彼女の黒い思考が彩乃へ流れ込んでくる。


私が死んだからって、後妻を迎えるなんて許さない。

私の中に入って秀の妻になる女も許さない。

私だけの秀。

私はあなたをこんなにも愛しているのに、あなただけが幸せになるなんてひどい。

私を二度も失う傷を、私が抉《えぐ》る傷を背負って、私だけを想って生きていて。

梢が自立したら必ず私の許へ来て。

それまで独りで。

私だけを見ていて——


そこで悲鳴を上げた彩乃は毛布を跳ね上げて飛び起きた。冷や汗と脂汗を同時にかいて荒い呼吸を繰り返す。全身の震えが止まらなくて体を抱き締めた。それでも小刻みに揺れる動きを止められなかった。

怖い。心の底から恐怖を感じた。恐ろしいことを平然と考える霧恵が、彼女の記憶を持つこの体が怖かった。愛する夫の幸福を願わず、独占のために彼の死を望む執着と狂気が。秀を精神的に追い詰めて殺そうとするなんて。

なぜこのことを今の今まで思い出せなかったのかも悟った。脳が鍵をかけたのだ。肉体を生かす魂へ影響を与えないように。これが霧恵の記憶を探ろうとするたびに感じた鋭い痛みの正体。その弊害として彼女の優秀な頭脳を活用できなくなった。

ボロボロと双眸から涙が零れ落ちる。歯を食い縛り、立てた膝へ顔を埋めた。

——あんなふうにはなりたくない。

愛する者の死を願うなど悪魔の所業だ。確かに自分だって後妻を恨んだことはある。他の女に夫を奪われる悲しみや苦しみは理解できる。一人で死の世界へ進む寂しさも、一度死んだ自分は理解できる。でもだからといって、だからといって愛する夫の死を望むなど。秀の死を願うなど。

なぜひと言、「私が死んでも再婚しないで」と言わなかったのか。それで済む話ではないか。霧恵を心から愛する秀なら、きっと彼女の望みを叶えてくれる。

泣きながら考えていると、脳の奥からその答えとなる記憶がぼんやりと浮かび上がってきた。しかしこれ以上、霧恵の記憶を見たくなくて頭を激しく振って追い払う。ベッドから降りるとよろめきながらドアを開けて廊下へ出た。

真冬の深夜だというのに空気がほんのりと暖かい。梢がリビングにいるため、吹き抜けから暖かな空気が流れてくるのだ。廊下といえども寒さは感じなかった。

それでも体の震えはいまだに止まらない。壁に手をついて書斎へ急ぐ。

ノックもせずに扉を開けると、音と気配で気がついたのか、秀が寝返りを打つ様子が暗闇の中でも見えた。

「……彩乃さん？」

寝起きであることがわかる掠れた声に、申し訳ない気持ちを抱く。だがそのままベッドへ近づき、半身を起こした彼の首に抱き付いた。

どうした、と焦る声に硬直する体で、彼の困惑が察せられる。だけど引き返すつもりなどなかった。

「ごめんなさい、一人でいたくないの。そばにいさせて」

息を呑んだ秀へさらに強く縋り付いた。霧恵の忌まわしい記憶に染まって、いつか死を選び彼を追い詰めるのかと思うと眠れない。この優しい人を何度も苦しめたくない。いくら彼が選んだ妻だといっても、そこまで人の心を操る権利などないはずだ。

秀の体温を感じながら涙を零していると、やがて背中に逞しい腕が回されて苦しいほど強く抱き締められた。彼は何も言わず、何も問わず、密着しながら反転すると彩乃の背中をシーツに沈める。

静かに唇が塞がれた。すぐに入り込んできた舌に、彩乃も己の舌を絡ませる。寝ている男の許へ押しかけて、ただ添い寝して欲しいだなんて思っていない。

唇が離れると秀の瞳がすぐそばにあった。欲情する男の眼差しに、自然と両脚を開いて彼の腰を迎え入れる。秀の首に回した手を髪へ差し込み地肌を撫でれば、彼の顔が彩乃の首筋へ埋められる。

全身をまさぐる大きくて硬い手はやはり優しく、それでも少しだけ激しく、とても温かかった。

翌朝、起床時間を過ぎても寝ている秀を案じて、レナが部屋まで起こしに来た。扉をノックする音で彩乃の意識も浮上する。

「旦那サま、ソろソろ起きてくだサいぃ」

返事をする秀の声と毛布に侵入した冷気で完全に目が覚めた。瞼を持ち上げると、肩幅の広い裸の背中がパジャマの上衣《うわぎ》に包まれるところだった。

「秀さん……」

小声で名を呼べば、振り返った彼は横臥《おうが》している彩乃をそっと仰向けにして軽く唇を合わせた。

もう少し休んでいるといい。そう告げて離れていこうとするから、彩乃は彼の腕をつかんで己の顎を軽く持ち上げる。もっとキスをして欲しいとの願いは通じたようだ。再び合わさった唇はしばらく離れることはなく、深かった。おまけに彼の手のひらが彩乃の素肌をまさぐってくる。何も身に着けていない乳房は男の愛撫に反応して先端を尖らせた。彩乃の興奮を悟った秀が覆い被さってくる。

水音を立てながら夢中で舌を絡め合っていると、ノックの音が先ほどよりも強く扉から響いた。

「旦那サま、遅れてシまいまスよ」

「……今、行く」

渋々と体を起こした秀は不機嫌そうな表情になっている。名残惜しいと、離れたくないとの感情が彼から溢れていて、彩乃は思わず噴き出してしまった。

「いってらっしゃい。見送れなくってごめんね」

「なるべく早く帰るから」

待っていてくれ、と告げた秀は最後に彩乃の額へキスをして部屋を出て行った。彩乃は真冬の冷気に晒されている上半身を毛布で隠し、働きに行く秀へ申し訳ないと思いつつも瞼を閉じた。

が、三十分ほどでぱちりと目を開く。のんきに寝ている場合ではない。新生児になった梢が待っているではないか。

慌てて体を起こすのと同時に、腰と内股に痺れるような痛みを感じて呻く破目になった。久しぶりの情事で、滅多に使うことのない筋肉を酷使したせいだろう。しかも全裸で温かな毛布から飛び出したため、くしゃみを連発して震え上がる。急いでパジャマを着用して一階へ下りると、すでに秀は出勤した後だった。

男の人って身支度が早いなぁと感心しつつ、レナが朝食を用意してくれるまで、床に敷いたベビー布団で横たわる梢のそばに座る。表情の変化はないものの、母乳をくれる人だとわかっているのか彩乃をじーっと見つめてくる。その眼力が凄い。瞬きもせずに見つめてくる。

試しにベビー布団を跨《また》いで反対側に座ってみると、梢は頭部を動かしてやはり凝視してくる。しかもなぜか泣き出した。

生まれたばかりの赤ちゃんだと泣き声は可愛らしいものだが、体は一歳児なので本気で泣かれると結構うるさい。急いで乳首をくわえさせた。

途端に戻った静けさの中で、無心に吸い付いてくる子どもを見ていると心から安堵する。

移植をしてよかった。複雑な心境ではあるが、後悔はなかった。この子がこうして生き延びてくれて嬉しい。

授乳が終わる頃にレナが近づいてきた。

「奥サま、朝食ができまシたよ」

「ありがと、レナ」

梢を任せて食事をいただく。レナが子どもを抱っこして歩き回る様子を見守りながら美味しい料理を味わえば、三日前までと同じ光景が戻ってきたと安堵した。ひとたびトラブルに見舞われると、安定した生活がどれほど貴重で幸福なものかを実感する。

窓の外にはちらちらと雪が舞っており、庭の木々は白い帽子を被っていた。テレビも消しているため余計な雑音に意識が乱されることもなく、とても静かで穏やかな時間だった。

食事を終えてコーヒーをゆっくり味わいながらぼんやりすれば、自然とこの場にいない人のことを考える。

秀と過ごす夜に問題はなかった。他人の体を使ってのセックスに内心では不安だったが、ちゃんと感じられたし気持ちよかった。行為の最中に霧恵と呼ばれる可能性は覚悟していたけど杞憂だった。間違われることもなく彩乃と呼んでくれた。だから秀についてそれほど悩むことはない。

問題は霧恵のほうだ。昨夜見たおぞましい女の情念は、いま思い出しても心が震える。なぜ彼女はあんな無謀を考え付いたのだろう。愛しているならば秀の幸福を望むべきではないのか。

昨晩から、彼女の脳内すべてが見られるようになったので、閲覧不可だった近年の記憶を探ってみる。すると悲しい情景が浮かび上がってきた。

ルドング病に感染していない霧恵が奇病の研究職に就いたのは、母親がルドング病の成人患者になった際、移植を望まずに実母を死へ追いやったという自責の念が理由だった。しかし自身が奇病に罹患して、初めて職業選択を後悔した。自分の判断が間違っていたと、己によって思い知らされるのは優秀な人間にとって屈辱だ。おまけにそういうときに限って心を切り刻む人間が現れる。

一人目は伯母の武田春奈だった。

余命幾許《いくばく》もない霧恵を見舞いに来た春奈は、姪の斑点が浮かび上がった姿を見て、『あんた、ルドング病に近づくなって私の忠告をちゃんと聞かないから、そんな醜い顔になるのよ』などと責め続けていた。

武田春奈は実母を失った霧恵の母親代わりでもあった。味方であるべき親から受ける侮辱は、他人から受けるそれよりも容赦なく心を抉ると彩乃は身をもって知っている。霧恵にとって腸《はらわた》が煮えくり返る思いだっただろう。

――なんで私の血筋って、こういう物言いをする女を生み出すかな。

似たような暴言を聞かされてきた自分にとって、霧恵が受けたショックは痛いほどよくわかる。武田春奈も大切な姪を失うことに悲しんでいたのだろうが、それを怒りに変化させて本人へ八つ当たりをするなど論外だ。

二人目は打越だった。

彼女は霧恵より先輩であるが役職は下で、お互いの研究テーマが似ていることや、研究業績に大きく差をつけられていることもあって、霧恵に対して激しい悪感情を抱いていた。

打越は入院中の霧恵へ、あなたの研究を自分に渡して欲しいと申し出た。霧恵は自身の研究のすべてを大川所長へ任せると決めていたため、それを彼女へ告げると突然暴言を吐いてきた。

『所長のお気に入りっていっても、媚《こび》売って取り入っただけでしょうが』

『死ぬときぐらい引っ込んでいて欲しいわね』

『美人は得だわ。今はひどい顔だけど』

『大人の患者って初めて見るけど、本当に醜くなっちゃうのね』

『その顔、見ているだけで気持ち悪くなるわ』

……こっちまで気持ち悪いわ。吐き気を催した彩乃は、一旦記憶を探るのを止めた。

なんてひどいことを言うのだろう。目の前にいる病人は死への階段を上っている最中で、気力がどんどん削られているというのに。

霧恵は十一日間、絶対に逃れることのできない死へ向かって生きていた。生きることが死へと繋がる恐怖と絶望は、正気では耐えられなかった時間だろう。しかも己の全身に現れた醜悪な斑点は、女の矜持《きょうじ》をことごとく砕いてしまう。

彼女はプライドの高い女性だ。自他共に認める才色兼備。だがそれを鼻にかけることもなく、常に高い目標を掲げて己に厳しかった。たぶん秀もそんな誇り高い彼女に惹かれたのではないかと思う。

そのとき秀の名前に脳が反応した。記憶の泉から過去があふれてくる。

再び打越が話しかけてくる場面だった。彼女は霧恵の研究を得られないことに腹を立て、理不尽な怒りをぶつけ続けていた。

『あなたの旦那さんって素敵ね。今のあなたは釣り合わないけど』

『まだ子どもが小さいのに、これから旦那さんは苦労するわね』

『私があなたの代わりになろうかしら』

『別にいいでしょ。死人には関係ないことよ』

これは逃げ場のない患者への暴力ではないのか。ひどいなんてものじゃない。人間の皮を被った外道とは、打越のような者をいうのだろう。

そこでふと、梢を研究所に搬送したとき、打越が薄ら笑《あざわら》いを浮かべていたことを思いだした。あれは彩乃へ向けたのではなく、霧恵を嘲笑っていたのではないか。ルドング病研究者でありながら、我が子を他人に任せることへの蔑み……。

これ以上、霧恵の記憶を見たくないと思った。なのに秀と打越が二人で話している情景が浮かんで、意識がそれへ傾く。

霧恵が秀へ、己の顔を見せたくないとシーツを被っているときだった。打越が秀へ話しかけている。

『すみません、小笠原さん。もうすぐお別れなのに彼女ったら逃げてばかりで』

『いえ……、それは、仕方がないことですし……』

『そのうち奥さんも気持ちが落ち着かれるでしょう。今はまだ混乱しているでしょうから、少し離れてお茶でも飲んでいらしたら？　私でよければお付き合いしますよ』

『あ、いや、妻のそばにいたいので、大丈夫です』

過去を傍観する彩乃には、このときの秀が打越の申し出を迷惑に思っていることがひしひしと感じられた。しかし心を黒く染める霧恵は気づけず、ますます負の感情を高めて自身を追い詰めていった。

あまりの苦しさに彩乃は頭を激しく振って追憶を止める。このあたりから霧恵は精神を病んでいったのだと察せられた。そして、遺される秀への執着を強めたのも……。

彼女は美しく優秀で、人生において挫折を味わったことがない。他者へ見せ続けた誇り高さを容易には崩せなかった。特に、霧恵の凛《りん》とした生き方に惹かれた秀へは。

それゆえ夫へ、打越の誘惑などはねのけて欲しいと、自分の死後も再婚しないで欲しいと、ささやかな嫉妬さえ伝えることができなかった。

その結果、秀の死を願い、あの世で共に在《あ》ることを望んだ……。

でもだからといって、夫を道連れにするなど許されない。

――あなたの思うようには絶対にさせない。

秀は妻と娘を亡くして十分に傷ついている。もうそろそろ幸せになってもいいはずだ。

ダイニングテーブルから立ち上がった彩乃は、レナから梢を受け取り小さな体を抱き締めて己に誓う。秀に付いて行くと、彼を支えると決めたから、必ず彼の心を守ってみせると。

その日の夜、彩乃は帰宅した秀へ、寝室に戻ることを提案した。しかし彼は霧恵との思い出が多すぎる部屋で、彩乃と過ごすことは精神的に厳しいと渋った。それを聞いて彩乃のほうが呆けてしまう。

言われてみればあそこは二人の愛の巣だ。普通、そういったことは女の彩乃のほうが嫌がって秀へ訴えるものではないか。己の無頓着に恥じ入って落ち込んでしまった。

そのため秀は彩乃を書斎に引っ張り込み、毎日のように肌を合わせた。ベッドが違えば彼も気にならないらしい。

それから数日後の休日、二人で二階の部屋の模様替えをおこなった。書斎はそのままにして、将来は梢の部屋にするつもりだった空き部屋を主寝室に定めたのだ。ベッドを買い換えようと主張する秀に対し、彩乃はもったいない根性を発揮して、シーツだけ換えればいいのではと答えた。すると彼は珍獣を見るような目つきで眺めてくるから、小さな諍《いさか》いが起こった。

そんなささやかなぶつかり合いを繰り返し、毎日が過ぎていった。秀との新しい関係は良好で、生まれ変わった梢とロボットのレナを加えた、三人と一体の新生活も順調だった。

5

やがて迎えた五月十九日、彩乃がこの時代に来て一年が経過したその日は、雨期にもかかわらず青空が広がる五月晴れになった。霧も晴れてアルプスの山々がくっきりと稜線を現している。

今日は移植後の身体検査を受けに研究所へ向かう日だった。これが最後の検査となるため、もうあそこへ行くことはない。忌まわしい場所から解放されることに喜んでいたら、秀から「君の検査は終わっても、梢のがあるぞ」と指摘されて肩を落とした。

ちょうど梢の移植後三ヶ月検査が五月中旬に当たるため、彩乃は子ども連れで研究所へ足を運んだ。母子共に問題はないとの結果が唯一の救いである。だがあと二回はここへ来なくてはいけない。

しょんぼりとしつつ敷地内にある花屋へ立ち寄り、事前に予約しておいたローズピンクの薔薇《ばら》の花束を購入する。私なら真紅の薔薇が好きだな、と思いながら花束を助手席に置いて帰宅した。

その日の夜、外が暗闇に包まれる時刻に帰宅した秀は、リビングの扉を開けた瞬間、視界へ飛び込んできた薔薇を認めてはっとした表情を見せた。いつもなら真っ先に彩乃へ近寄り抱き締めてキスをするのに、今夜は薔薇を見つめて入り口に突っ立ったまま動かない。

やがてゆっくりと花瓶へ近づき、濃いピンク色の花弁にそっと触れた。薔薇特有のダマスク香がふわりと広がる。

「それ、ファースト・ブラッシュっていうんだね。霧恵さんのイメージにぴったりだわ」

「……もしかして、記憶が全部戻ったのか」

「ごめんね、勝手に覗いちゃった。霧恵さんがもっとも好きな花を知りたくって」

「これは、俺が贈ったんだ……」

「うん。それ以来、この薔薇が彼女の一番好きな花になったのよ」

「そうか……」

霧恵の記憶はすべて思い出していたが、秀との思い出には桃色に染まったものもあるため、意識的に見ないようにしている。出歯亀《でばかめ》の趣味はないし、妬《や》けてしまうから。

それでも霧恵の好きな花を知りたくて脳内を探したところ、秀が彼女の誕生日に渡したこの花束がヒットした。そのときの霧恵はとても喜んでいた。

初めての赤面、との意味を持つ〝ファースト・ブラッシュ〟。香りがよく整った花弁が美しい凛とした姿は、華やかな大人の女性であった霧恵に相応しい大輪の薔薇である。

今日は彩乃が生まれ変わって一年が経過した日だから、霧恵の一周忌でもあった。秀は何も言わなかったが必ず気づいているはず。自分に遠慮して弔《とむら》いをしにくいかと思ったので、二人の思い出である霧恵の大好きな花を買ってきた。

秀が薔薇を見つめたまま動かないため、一人にしたほうがいいかと思った彩乃は、梢とレナを連れて散歩に出かけようとリビングを出る。邪魔者がいては泣くこともできないだろう。

すると秀が慌てて止めに来た。

「もう外は暗いから出歩くんじゃない！」

「そう？　レナがいるから大丈夫でしょ」

「駄目だ！」

秀はリビングへ戻ると、いきなり彩乃をきつく抱き締める。首筋に唇を押し付けながら小さく呟いた。
「ありがとう彩乃さん。……ちょっと気持ちの整理ができたよ」
「整理って何を」
「いや、君の気遣いが嬉しかったんだ」
本当にありがとう。秀の声が少し湿っている。言葉の意味はよくわからなかった
が、彩乃は広い背中へ腕を伸ばして彼の気が済むまで撫で続けた。
やがてファースト・ブラッシュが枯れて花瓶も片づけられた五月二十九日、秀は
休日のお昼過ぎに行き先を告げずに出かけ、西の空が茜色《あかね》に染まる時刻に帰ってき
た。すると梢とレナを二階の寝室へ連れて行き、リビングで彩乃と二人きりになって
ソファへ並んで腰を下ろす。
わざわざ梢とレナを別室に行かせて何をするつもりだろう。首を傾げる彩乃は手の
ひらに載せられた小さな箱を見て、今度は反対側に首を傾けた。それは手のひらサイ
ズの小さな白い箱だった。
開けてくれと言われて蓋を開くと、中にはリーフの形が可愛い銀色の平たい小物が
入っている。
これはなんだろう。銀の小物を持ち上げると、ぱかっと上下に分かれた。どうやら

小箱のようだ。蓋を開けて中を覗いた瞬間、驚愕の声が漏れる。

とても美しいダイヤモンドが一粒、黒いベルベットのクッションに埋められていた。素人目でもかなり高価なものではないかと思われる品だった。

「凄い！　これどうしたの？」

思わず指先でダイヤを摘まもうとしたが、慌てて止めておく。指紋を付けたらこの輝きがくすんでしまうと思ったのだ。なので銀色のリーフ形小箱を目線の高さまで持ち上げて観察してみる。光を反射してダイヤが煌き、感嘆の溜め息が零れ落ちた。

「綺麗ねぇー」

「ああ。本当は指輪を用意したかったんだけど、同じ轍《てつ》を踏まないようダイヤだけにした」

指輪、との言葉に秀をきょとんと見つめてしまう。微笑を浮かべる彼と目を合わせたとき、唐突に霧恵の記憶が脳内に浮かび上がってきた。

秀は霧恵にプロポーズするとき、事前に婚約指輪を購入して彼女へ申し込んだ。そのときの霧恵は喜んでいたが、結婚後のある日、本当は好きなデザインの指輪を選びたかったとの本音を漏らしてしまい、秀と口論になったことがある。それを思い出したのだ。

彼が何をしようとしているかを察した彩乃は、ダイヤへ視線を移してから口を開く。

「……指輪用にしては大きいんじゃない？」

「それは店の人間にも言われた。でもあんまり小さいと、こうやって渡すときに見栄えが悪いだろ」

「別に小さくてもいいじゃない。それにダイヤじゃなくっても、花束にするとか」

「彩乃さんの好きな花って何？」

「んー、真っ赤な薔薇。黒みがかった深い赤で、花弁が尖ってシャープなやつ」

「じゃあ、指輪ができたときはその花も添える」

秀が、銀の小箱を持つ彩乃の左手を両手で包むように握り締めてきた。

「彩乃さん」

真っ直ぐに見つめてくる表情に気負いは感じられず、ただ優しげに彩乃を見守っていた。無意識に己の心が吸い込まれそうになる。

「俺と結婚してください」

決して強引な口調ではないけれど、自分を射貫く眼差しの強さで彼の本気が窺い知れた。

彩乃は反射的に目を逸らしてしまう。

「でも……、私たち、もう結婚してるじゃない。別に改めてこんなことをしなくても……」

そうじゃないでしょう。と、己の中から反駁《はんばく》が聞こえてくるようだった。

秀は霧恵ではなく彩乃と結婚したいと告げているのだ。そんなことはいちいち訊かなくてもわかっている。

秀と再び視線を合わせれば、彼は気分を害した様子もなく、やはり優しく彩乃を見つめている。その瞳を見続けることができなくて俯くと、彼の言葉が降ってきた。

「迷ってるのは、今でも旦那さんを忘れられないから？」

勢いよく顔を跳ね上げる。視線の先には相変わらず穏やかな表情の秀がいた。怒っている様子はなくて、そのことに勇気を得て必死に訴えた。

「私は秀さんのことが好きよ。この気持ちは嘘じゃない」

彼にだけは自分の真心を疑われたくない。じわりと涙がこみ上げてきた。

「うん、俺も彩乃さんのことが好きだ。でも君がずっと旦那さんを忘れてないってことは、寝室にあった時計を見て知っている」

思わず目をみはった。二階の部屋を模様替えしたとき、あの時計が合わない時計はチェストの引き出しの奥に隠していた。もっとも知られたくない物をすでに知られていた事実に項垂れる。

「見たんだ……」

「ごめん。部屋を替えたときに時計がなかったから探したんだ。日付が百年ぐらい前のものだったから、たぶん彩乃さんが生きていた頃の時間だろうなって思った」

瞼を閉じた彩乃の両眼から、とうとう涙が零れ落ちる。顔を伏せてソファの座面に雫を落とした。

秀を心から愛していても、生涯祐司を忘れることはできない。なぜなら自分が生きていた世界の祐司は今も生きているから――

彩乃が今いる現実のすぐ隣には、自身の肉体が存在していた世界が別にあると、心が秀を受け入れ始めた頃から感じ始めた。それは〝元の世界の記憶を持つ人間〟でなければ認識できない、第六感ともいうべきものだった。成人患者の多くが亡くなっている現状を踏まえると、この直感を認識できる者はほとんどいないだろう。現実というものは、合わせ鏡のように同じ世界が無数に存在して隣り合っていると。

未来の科学者たちは時間を超えて〝過去〟から魂を連れてくると主張しているが、それは間違いだ。正確には時空を超えて〝別の世界〟から連れてくるのだ。

祐司は現在も、ここととは違う二十一世紀の世界で妻を失ったまま生きている。その世界は今、二〇一八年十二月三十一日午前二時四十分を刻んでいるはず。

去年、こちらの世界で七月六日を過ごした。これは元の肉体があった世界の二月六日になり、彩乃の四十九日法要の日にあたる。祐司はどんな思いで妻の法要を執り行ったのだろう。こちらは夏だったが、彼のいる世界では真冬だ。雪が降ってもおかしくない極寒の日に、彼がどれほどの悲しみを抱えていたのかを知ることはできない。

一周忌、三回忌、七回忌と法要を重ねていくにつれて、生者は愛する者の死を受け止めていく。祐司は少しずつ妻の死を確認していくのに、彩乃は彼の生を実感し続けるのだ。永遠に。

もし、もしも、こちらの世界からあちらの世界へ行くことができるとしたら、自分は霧恵の姿のまま境目を飛び越えようとするだろう。だから。

「結婚は、できない……」

秀の妻である霧恵の体の中で、彩乃として彼と結婚することを決めたら、元の世界と完全に切れてしまう予感がする。秀と部屋を同じにするまで、毎朝、目が覚めては自分が消えた世界の時間を確かめていたのに。今でもときどき元の世界の時間を見てしまうのに。

……二人の男を同時に愛した。この想いは偽物なのかとずっと悩んでいた。でも今なら間違いではないと素直に受け入れることができる。

元の世界で生きている祐司を、二度と会えなくても忘れることはできない。そのうえで今を共に生きる秀を愛している。この気持ちは嘘じゃない。

歯を食いしばって言葉を待っていると、大きな手のひらが後頭部を撫でてくる。

「先に俺の本音を言っておいたほうが良かったな。俺はね、君を好きになったけど、それは霧恵を失いたくないから頑張って好きになろうと努力した結果だ。あとたぶん、本来の彩乃さんの姿で会っていたら、好意を持つ自信はない。……すまない」

泣きながら顔を上げると、真剣な表情で痛いほど見つめてくる秀の顔があった。彩乃が気にしないとの意味を込めて首を左右に振れば、彼はあからさまにホッとした顔つきになって続きを話す。

「だから結構、悩んだよ。俺は霧恵の体を持つ女性なら誰でもいいんじゃないかって」

だけど彩乃は、霧恵の一周忌に彼女がもっとも愛した花束を用意して、自分の帰りを待っていてくれた。あれがとても嬉しかったと秀は心情を吐露する。霧恵を忘れていない自分のために買ってきてくれて、霧恵を忘れていないことを許されていると知って、その心根を途方もなく愛しいと思った。霧恵が一番好きだった花は、自分が贈ったものであることも知ることができた。

感謝している。嬉しそうに話す秀へ、彩乃はさらに強く首を左右に振る。

「だって私も忘れてないもの。祐司のことを……」

「うん。だからお互いに同じだと思ったんだ。俺も君も、一人目の伴侶を忘れることはできない。ずっと」

夫婦が納得ずくの離婚で別れたならば、新たなパートナーに恥じることなど何もない。

夫婦が死別したならば、死者に心を残しながらも新しいパートナーと前向きな関係を築くことができる。

だけど魂の移植は違う。秀にとって霧恵の生きている肉体がそばにいて、彩乃にとって祐司は違う世界で生きている。心はどうしても失った伴侶へ傾いてしまう。

「それで、本当にそれで、秀さんはいいの……？」

愛した夫を永遠に忘れることができない女でも。自分が生きていた世界の時刻をいつまでも時計に表示させる女でも。

いつか後悔させるのではないかと考えるのが怖い。秀を悲しませるのが怖い。

――あなたを傷つけたくないのに。途方もなく優しくて、深く広い器を持つ人だから、かつての夫を愛しながらもあなたに惹かれたのに。

秀は彩乃の問いに微笑を浮かべて口を開いた。

「全然構わないよ。俺も君がその姿である限り、霧恵がそばにいることを感じてしまうから」

秀は、寝ぼけたり油断したとき、彩乃を霧恵の名前で呼ぶことを怖れていると告白した。それによって彩乃が傷つくのではないかと。

彩乃は頭部を激しく左右に振る。飛び散った雫が一滴、秀の腕をぽつりと濡らした。

「間違っても、構わないよ……、私は霧恵さんの姿だから……」

「でもやっぱり気にするよ。君がどう思うのかって」

「私も気にするわ……、祐司のことを考える私を、秀さんがどう思うのか」

「うん。俺らは似たもの同士だから、これからもうまくやっていけると思う」

秀が彩乃の手から銀の小箱を取って、傍《かたわ》らのテーブルへ静かに置くと華奢な肢体を抱き締めた。

どうか俺のものになってくれと耳元で囁かれて、彩乃は素直に、はいと答えることがてきた。胸の奥で幸福と同時に後悔をも感じたけど、相反する感情とは生涯付き合っていくのだと受け入れた。

背中を撫でながら秀が小声で話しかけてくる。

「ずっと彩乃さんにお礼を言いたかった。たぶん君は、死の直前まで娘の千晶さんを守っていたはず。だから彼女の孫である霧恵も存在することができたんだ」

ありがとう。そう告げられて秀へ縋り付く腕に力を入れた。

「でも彩乃さんの人生はそこで終わってしまったから……、だからこれからは、俺が幸せにしてあげたい」

――私も、あなたを幸せにしてあげたい。

嗚咽を混ぜながら必死にそれだけを声にして押し出した。妻と娘を亡くしたあなたを支えてあげたい。あなたに一生ついていくと決めたから。

秀の肩口に瞼を押し付け、涙が止まるまでずっと抱き締めてもらった。彩乃も彼を抱き締める腕を離さなかった。

秀と結婚を誓い、ダイヤモンドの婚約指輪を受け取った後、二人で話し合ってお揃いの結婚指輪を作った。ふと、霧恵との指輪はどうしているのかと聞けば、ケースに入れてきちんと保管しているとのこと。それは当たり前だろうけどもったいないから、チェーンを通して首にかけておけばと提案してみたら、秀はまたもや珍獣を見るような目つきで眺めてきたものだ。どうやら自分はデリカシーに欠けているところがあるようだった。

6

それから約ひと月後の六月二十五日。この日は彩乃がいた世界だと二〇一九年一月二十六日で、祐司が再婚した日になる。彩乃の死後、四百と二日後だ。

情報図書館で彼の再婚を知ったときは、ショックで目の前が真っ暗になったのに、今では祐司より先に自分のほうが秀と結婚を誓い合うなんて、運命とは不思議な縁《えにし》だとしみじみ思う。

祐司は幼い千晶を抱えて毎日の生活が大変なはずだ。あの時代にはレナのような家庭ロボットは存在しない。後妻となる女性は継子《ままこ》の千晶を慈しんで育ててくれると、結婚式での手紙を読めば察せられるので、よき妻としても祐司を支えてくれるだろう。

——どうか幸せに。

心からかつての夫と娘の幸福を祈った。

やがて彩乃がいる世界は雨期が終わり、真っ青な空に入道雲が浮かぶ暑い季節がやって来た。

秀は今年のブドウを実らせてワインを仕込んだ時点で、信州ヴィンヤードを退職すると考えていた。しかし急遽、もう一年ほど延期することを決めた。彩乃が妊娠したため、事業を始める慌《あわ》しさ《ただ》に妊婦を巻き込みたくないと考えたそうだ。

霧恵が梢を妊娠中、切迫早産になったので、体に負担をかけるのを怖れてのことだった。おかげで秀は過保護である。

彩乃がレナと共に家事をすることに難色を示し、梢を抱っこしていると取り上げて、重いものを持ってはいけないと主張する。これで何度も口論になった。

でも言いたいことを言い合える関係が、とても心地よかった。……と思っていたのだが、それでも言いにくいこともあるのだとすぐに実感する破目になる。

ある休日、涼しいリビングで梢の相手をしていた彼は、隣に座る彩乃へこう言ったのだ。

『お腹の子って梢とママが違うのに、間違いなく兄弟なんだよな。それって不思議な感じがする』

『そりゃあ、父親が同じなら当たり前じゃない』

『そうじゃなくって、異母兄弟にもならないだろ。それが不思議だと思ってね』

その台詞を聞いたとき、彩乃も確かに不思議な感覚を抱いた。もし霧恵が移植を望まなかったら、秀は誰か別の女性と再婚していたかもしれない。するとその女性が産んだ子は梢と異母兄弟になる。彩乃の場合はそれがない。

霧恵の体を使って出産するのだから当たり前なのだが、それ以降、どうもそのことについて悩む時間が生じてしまった。お腹の子は梢にとって同腹《どうふく》で、遺伝的に実の兄弟になる。そして梢は霧恵が産んだ子だ。ならばお腹の子は霧恵の子なのだろうか。

ううん、この子は私の子だわ。彩乃はまだ平たい腹部を撫でながらそう確信する。

もうこの世に霧恵はいないのだから。

しかしそれならば、お腹の子と同腹の梢は彩乃の子になるのか。

それは違うと己の心が即座に答えを出す。

梢は霧恵の子だ。自分は梢を我が子のように可愛がっているが、やはり霧恵と秀の子なのだ。そして今後、生まれる子どもは彩乃と秀の子どもになる。でも子どもたちは同腹で、この関係性に納得できる説明はできそうもない。

こんな答えが出ない問いをグルグルと繰り返してしまうのは、多少なりともマタニティブルーが入っているせいだろう。霧恵の体で子を産むことに心が戸惑っているのだ。最終的には自分で答えを見つけなければいけない。彩乃はそっと溜め息を零しながらそう結論づけた。

そんな小さな悩みを抱えながら迎えた八月の中旬。彩乃は梢を連れて研究所へ渋々と足を向けた。今日は梢の、移植後半年が経過した頃に行う身体検査の日だった。

研究所の駐車場に車を停めた彩乃は、冷房が効いた車内から外に出た途端、外気温三十三度の熱気に当てられて眩暈《めまい》を起こした。すぐに復活したため急いで梢を抱き上げ、涼しい待合室へ飛び込む。本気で頭が煮えるかと思った。どうも妊娠中のせいか暑さに弱くなっている。

検査の受付を済ませてベンチで順番を待っていると、やがて呼ばれた第二研究室には有賀がいた。どうやら今日の検査は彼が担当らしく、たちまち彩乃の表情は不機嫌なものになる。有賀はそんな彩乃を見て困ったような顔つきになった。

「久しぶりですね、彩乃さん」

「……どうも」

きちんと彩乃と呼んできたので、仏頂面を引っ込めて無表情に徹した。しかし沈黙が場を支配して気まずい空気になる。

室内にいる中年の看護師が取り成すように話しかけてきた。

「移植後の経過は良さそうですね。その後の生活にお変わりありませんか」

「はい、大丈夫のようです。元気に成長しています」

「あ、いえ、お子さんもですがお母さまのほうはいかがでしょうか」

梢ではなく彩乃へ向けての言葉だったので、霧恵の移植のときに関係した人だろうかと首を捻る。その態度で彩乃の心情を理解したのか、「私は小笠原先生、あ、小笠原霧恵さんに移植する魂を探したんですよ」と話したから心底驚いた。

この人が自分を選んだのかと、なんとも言えない感情がこみ上げてきて、まじまじと見つめてしまう。無言で凝視していたせいか、彼女は困ったような面持ちになった。

「さて、梢ちゃんの検査を始めましょうか」

有賀の言葉で、看護師はほっとした表情になると己の仕事に戻っていく。彩乃は、梢の体を触診する有賀へ視線を戻して口を開いた。

「移植する魂って、看護師さんが探すものなんですか」

自分が選ばれたのは、霧恵の曾祖母であり、年齢がそう離れていないうえに、同じく子持ちだったからと聞いていた。しかし誰が自分を探したかは聞いていない。

「探すだけなら誰でもいいよ。患者の家族が指定してもいいんだ。そのために情報図書館があるんだから」

「でも図書館にあるデータって、移植をした人の三親等までしか見られないんですよね。どうやって赤の他人のデータを見るんですか」

「別に移植をする、しないにかかわらず、自分のデータは閲覧可能だからね」

例えば患者の親が、自身に移植された魂の情報を見て、この魂の家族だった者を子どもの移植に使って欲しいと願う場合もあるそうだ。

「えー、でも小さな子どもって亡くなるまでの期間が短いじゃないですか。そんなことを決める余裕がある親なんて、実際にいるんですか」

梢がルドング病に罹患したとき、彩乃は研究室の前で動かなかった。正確には動くことができなかったのだ。容態が急変した場合はすぐに対応するための意味もあったが、何より梢のそばにいたかったから。

研究所から情報図書館まではそこそこの距離がある。そんな場所へ子どもを放り出して向かう親なんているとは思えない。

するとと有賀は、うんうんと何度か頷いている。

「ほとんどの親御さんはそんな余裕なんかないよ。選定についても説明したって聞いていないことが多いし。でもお祖父さんやお祖母さんが一緒だと、彼らが動く場合もあるね」

ただ、祖父母であっても可愛い孫が苦しんでいる最中に、移植の魂を選ぶなんてことはできない場合がほとんどだ、と有賀は話す。さもありなんと彩乃も深く頷く。

ふとそのとき、有賀が顔を上げて宙を見つめた後、彩乃へ視線を移して再び宙を睨んだ。何かを思い出しているような仕草だった。

「なんですか？」

「いや、魂の選定といえば……たしか君の旦那さんは指定してきたんじゃなかったかな」

「え！」

思わず甲高い声を発してしまい、慌てて口を押さえる。そのままの姿勢で固まってしまった。

それはどういう意味なのか。秀が自分の魂を指定した、つまり彩乃を望んだなんて信じられない。彼と出会った当初、秀は彩乃を認めようとはせず、霧恵になりきれとまで言い放った。中身なんてどうでもいいと言わんばかりの態度だったのに。

そこで青いスクラブを着た女性が有賀の隣に立った。準備ができましたと彼へ告げて梢を抱き上げる。研究室の奥には大型の検査用機械が設置されており、患者はこの中に入って検査を受けるのだ。彩乃も入った記憶がある。小児の場合は研究員と一緒に入ることになっていた。

優しそうな女性に抱き上げられた梢は、泣くこともなく機械の中へ消えていく。検査時間は二十分ほどの予定だった。

彩乃はモニターを見つめている有賀の背後に近づき、恐る恐る声をかける。

「あの、ちょっと訊いてもいいですか」

「はい。梢ちゃんに何か？」

「あ、いえ、先ほど、私の魂を秀さんが……小笠原さんが選んだと言っていましたが、それは本当ですか」

「ああ、私は君の担当ではなかったから詳しい話は知らないけど。──椎谷《しいや》さん、ちょっと来てくれる？」

手招きされて近寄ってきた看護師は、霧恵に移植する魂を探したと告げた女性だ。

「君さ、彩乃さんの魂を探す際に、旦那さんから指定を受けてたよね」

「そういえばそうですね。でも指定ってほどのものじゃないですよ、あれは」

椎谷の説明によると、秀は当初、妻の移植に使う魂を選ぶことに無関心で、お任せしますと告げたきり興味もない様子だった。それが数時間後、困惑した表情の彼は病室に置いてあるメモ用紙を渡してきた。〝イノウエ　アヤノ〟と書かれた紙を。

「移植の魂はこの名前の人にしてくれって言ってきたんですよね。でも名前以外は何も情報がなくって、せめて生年月日ぐらいはわからないんですかって尋ねたんですよ。そしたら――」

秀は、いきなり頭の中にその名前が浮かんだだけで、自分でもなぜなのかわからないと言ったのだ。その人が見つからなければ誰でもいいと、困ったように呟いていた。

「こっちこそ困っちゃいましたよ。データバンクで名前を検索すると、同姓同名の人間はかなりの数に上りましたからね。その中から若くして亡くなった人も、結構な人数になったんです」

そこからさらに条件を絞って、霧恵に移植が可能と思われる女性は四人となった。その四人の中で赤ん坊を育てている最中に亡くなった人物は一人しかいなかった。

「それが、私……」

初めて聞く話に呆然とする彩乃が呟くと、椎谷は頷きながら続きを話す。

「二十代後半で生後二ヶ月の赤ちゃんを遺して亡くなり、しかも小笠原先生のひいお祖母さんだったから、これ以上の適任者はいないだろうと大川所長も許可を出したんです。それで旦那さんへ、この方に決まりましたってお伝えしました」

すると秀は説明を聞き終わったとき、ぽつりと零したそうだ。赤ん坊を残して死んだなんて、さぞかし無念だったろうな、と。

その言い方は彩乃の境遇を初めて知ったように感じられた。本当にどのような人物かわかっていない様子だった。

その言葉を聞いたとき、彩乃の脳裏に何かが閃いた。一度疑問に思ったけれどその後すぐ忘れてしまい、今の今まで思い出しもしなかったことだった。

モニターを操作する有賀へ緊張を押し殺した声をかける。

「あの、有賀先生」

「はい？」

「以前、ちょうど一年前のことなんですけど、私に自販機のジュースを買ってくださったときのことを覚えていますか」

「ジュース？……ああ、そういえば」

有賀が苦笑を浮かべているので、彩乃に言い負かされたことを思い出したのだろう。しかし彩乃はそのような感傷など歯牙にもかけない。

「あのときフルーツジュースを選んだ私へ、霧恵さんと違うって仰ったじゃないですか」

「そんなこと言ったかな」

「言いました。それってもしかして、霧恵さんはフルーツジュースが苦手だからですか」

その問いに答えたのは椎谷のほうだった。

「ジュースというより、果物自体が嫌いだったんですよ、小笠原先生って。アレルギーでもないのに果物独特の甘さが受け付けないって、何かの折に聞いたことがあります」

「そう、ですか……」

虚ろな眼差しを床に落とした彩乃は、椅子へ腰を下ろして検査が終了するまで過去を必死に思い返した。

あれはそう、情報図書館から帰ってきたときのことだ。祐司の個人情報に彼の再婚が記してあり、ショックを受けた自分はリビングで不貞腐《ふてくさ》れていた。そのときに差し出されたのが好物のマンゴーだった。

『あ、やっぱり好きか？　マンゴーだよ』

秀はそう言って彩乃へガラスの小鉢を渡してきた。あのときなぜ自分の好物を知っているのかと疑問に思ったが、『やっぱり好きか？』との言葉で、これは霧恵の好物なのだと思い込んだ。しかし彼女は果物が好きではなかった。ではなぜ、秀は彩乃のために果物を買ってきたのか。あの頃の自分たちはまだ今ほど親密な関係ではなかったため、彼は彩乃の好物など知らなかった。

それに、ともう一つの記憶を思い出す。小笠原家には食料品の電子カタログのうち、果物のページが存在しなかった。霧恵は本当にフルーツ類を食さなかったのだろう。

——でもそれなら、なぜ？

魂の選定の際、〝イノウエ　アヤノ〟と、それが誰かを知らずに指定した秀。霧恵は果物が嫌いだったのに、彩乃は好きかもしれないと無意識に悟っていた。

その瞬間、もしかしてと脳裏に一つの予測が浮かび上がる。その考えは彩乃に興奮をもたらし、鼓動を跳ね上げるものだった。

梢の検査が終了すると、彩乃はすぐさま情報図書館へ向かった。自動運転に任せて駐車場に車を停めたとき、あまりにも焦りすぎてベビーカーを出さず、梢を抱き上げて受付に向かってしまった。そのため身分確認のために両手で掌紋認証をする際、子どもを脇に抱える状態になって非常に苦労した。まだ自分の足で歩けない子どもを床に置いておくわけにはいかない。

と、思っていたものの、案内された一番ブースに入ると梢が床へ両手を伸ばして暴れ出したため、仕方なく石張りの床へ座らせてお気に入りのガラガラを渡しておく。これでしばらくの間は静かになるし、ここはドアに鍵がかけられた個室なので、目の届かない場所へ行くこともない。ディスプレイへ視線を戻して再び掌紋認証を行い、霧恵のデータを引き出した。

こうやって個人情報を見るのは、実は三度目になる。初めて秀に連れて来られた日こそ、もう二度とここへは来ないと思っていたが、後日、寝室の置時計の表示を元の世界の時間にする際、霧恵の移植時刻と自分の死亡時刻を調べに来た。

彩乃が死亡したのは二〇一七年十二月二十日、午後十時二十三分。そして霧恵の移植は二一一四年五月十九日、午後二時三十分。この瞬間の時刻は同じであるはず、と。

そのときは霧恵と自分のデータしか閲覧しなかったため、秀の個人情報を見ることはなかった。その必要もなかったし、目的を達したら長居をしたくないから逃げるように去ったものだ。

黒いモニターに浮かび上がった霧恵の個人情報を、上から順に眺めていく。彼女の氏名から始まり、終わりに移植データがある表示方法は変わっていない。最下部には移植の提供者として彩乃の名前が記載されている。

データの中で閲覧可能な人間の名前は発光しており、婚姻欄にある秀の名前も光り輝いていた。今までそれを認識していながらまったく興味を持たなかったのは、彼自身が魂の情報に興味を持っていなかったからだ。ここへ来たのも彩乃を連れてきたときが初めてだと言っていたし、梢の移植のときにも塚本京子の名前さえ知ろうとしなかった。

彩乃は野次馬根性を持ち合わせていないので、本人も気にしないことを自分も気にかけなかった。

震える指先で秀の光る名前をタッチする。ディスプレイの左下に新たなデータが浮かび上がってきた。しかしあまりにも胸が高鳴りすぎてそれを見ることができない。

研究所で有賀と椎谷の話を聞いたとき、脳裏に閃いた考えは、全身の血液を沸騰させるほどの熱量を発するものだった。その高揚した心は今も治まっていない。おかげで視界の左端に秀のデータが見えるのに、予想が外れていたときの落胆を考えると恐ろしくて見られない。

散々迷ってから、勇気を振り絞って眼球だけを左下へ向けた。

霧恵のデータと同じく、氏名、本籍、出生、婚姻、子の名前と続いている。順に上から文字を拾う視線は、とうとう最後の移植提供者氏名へと達した。

その名を目にした瞬間、両眼から涙が吹き零れた。呻きにも似た泣き声が唇から零れて止められなくなり、嗚咽を漏らす。

むせび泣く母親に反応した梢が不思議そうな表情で彩乃を見上げて、テディベアを模したガラガラを振り回した。その澄んだ音色に気がついた彩乃は、顔中を涙でぐちゃぐちゃにしたまま梢を見下ろすと、石の床へ膝を突いて小さな体を抱き締める。柔らかくて愛しい子どもを胸に抱いて泣き続けた。

部屋の中央にあるモニターの左下部、小笠原秀の個人情報が表示された部分には、彩乃が零した涙が転々と画面を滲ませていた。その雫の隙間から見える情報の最下部、移植欄にはこう記してあった。

移植【提供者】井上祐司

§

情報図書館のブースには監視カメラが設置されている。かなりの昔に、ブース内で自殺を図った人間が出てからの措置だった。しかし現在では、情報閲覧に規制がかかっているせいか不穏な行動をする人間は皆無である。そのため図書館側の人間が、カメラを覗いて利用者を監視することなど、まずない。

しかし彩乃がブースに入ってからかなりの時間が経過し、それでも出てくる気配がなかったため、不審に思った受付嬢は一番ブースの監視モニターを起動してみた。すると石張りの床に女性が蹲っており、慌てて警備員を呼び出して共に中へ飛び込んだ。

複数の人間から声をかけられて、彩乃は己の殻に閉じこもっていた意識を浮上させた。

大丈夫ですかと狼狽える受付嬢と、困惑する警備員を視界に収めると、自分が長い間、ブースに閉じこもっていたのだとようやく悟った。申し訳なさに何度も頭を下げて立ち上がろうとするのだが、蹲っていたため脚が痺れてうまく歩けない。しかも声が枯れてろくに喋ることができなかったため、医務室へ強制連行された。

しかしおかげでぐしゃぐしゃになった顔を洗うことができたし、梢のオムツを替えることもできて、精神的に落ち着いたから助かった。

受付嬢から「ご家族を呼んだほうがいいですよ」と言われたけれど、秀に心配をかけたくなかったので断った。図書館の人々へ繰り返し礼を述べてから車に乗り込み、帰路につく。オートドライビングシステムに運転を任せて、シートへ深く身を任せた彩乃は瞼を閉じた。

予想通り、秀の魂はかつての夫だった。それを知ってかなり長い間、泣き続けていたが、ふと同姓同名の別人である可能性に気がつき、光を発して浮かび上がる祐司の名前をタッチしてみた。

秀の個人情報の右側に浮かび上がった井上祐司のデータは、間違いなく彩乃の夫だった。生年月日も父母の名前も同じで、何より配偶者氏名欄に彩乃が、子の氏名欄に千晶が載っていた。その結果を見て再び泣き出し、警備員に連れ出されるまでずっと嗚咽を漏らしていた。

——祐司。

瞼の裏に愛した夫の姿が浮かび上がる。中肉中背の体つきで、背もそれほど高くなく、肌の色は白くて、外見で秀と似ているところはほとんどない。でもとても優しい性質なのは秀と同じだった。

自分と意見が合わずに喧嘩することもしょっちゅうあったが、いつも先に折れて謝ってくれるのは彼のほうだった。彩乃が母親と衝突しているときも、間に入って宥《なだ》めてくれたのは祐司だった。短気で怒りっぽい自分は異性と付き合っても長続きしなかったが、祐司との交際は不思議と長く続いた。

彼は女性に不自由するような容姿ではなかったので、なぜこんな取っ付きにくい女と付き合っているのか我ながら不思議だった。一度それを正直に尋ねてみたら、蓼食《たで》う虫も好き好きと答えられて、派手な喧嘩になった覚えがある。聞かなきゃよかったと後悔した。でもそんな記憶が懐かしい。

包容力が大きく、度量が広い男《ひと》だった。そういうところも秀と似ている。魂が同じだから祐司としての人格は消滅しても、内面は同じになるのだろうか。やはり自分が秀に惹かれたのは、祐司の魂の持ち主だからだろうか。今の秀は不必要なのだろうか。

――ううん、そんなことはない。

秀は祐司ではない。祐司の魂が新たな人生を歩んだ別人だ。だから別の男になった秀を愛することができて、心からよかったと思う。

――あなたが祐司であることを知る前に、あなたを好きになってよかった。あなたの魂ではなく、今のあなた自身を好きになるのが先で本当によかった。あなたでなければ自分は、秀を愛したのか、それとも祐司の魂だけに惹かれたのか、混乱してしまうだろう。

人は、肉体と魂のどちらが重要なのか、どちらをより深く愛するのか、ずっとわからなかった。でも今なら自分なりの答えが出せる。

どちらが重要なのではなくて、己の心が惹かれた相手のすべてが重要なのだ。魂だけでなく、肉体だけでなく、今のありのままの秀という存在を愛しているのだ。彼を構築する、彼が歩んだ人生そのものに意味があるのだ。

そして魂が祐司だと知って、もっともっと好きになった。魂と肉体を分けて考えることなどない。

己の気持ちに答えを出すと、胸が熱くなるのを彩乃は感じる。

八十二歳で死去した祐司にとって、彩乃は交際期間を含めても四年ほどの付き合いしかない。一方の再婚相手とは死ぬまで連れ添ったはずだから、半世紀もそばにいたことになる。人生の大半を共に歩んだ人を思い出すのではなく、彩乃を選んでくれたことが嬉しかった。

長い人生の中で、たった四年を共に過ごした彩乃を思い出してくれた。その事実だけでよかった。

彩乃が死んで祐司が天寿を全うするまで、五十二年もの時間が経過している。祐司の人格も秀の体へ移植する際に消滅している。それでも忘れないでいてくれた。

——私を忘れていなかったことを知ることができて、幸せだった。

ふとそこで思う。五十二年どころではないと。

秀は生まれてすぐルドング病に罹患したと言っていた。つまり祐司が生まれ変わってから彩乃と再会するまで、三十二年もあるのだ。足して八十四年。八十四年間も彩乃を待っていてくれた。こんな未来で。ずっと。

祐司としての人生を終えて、秀として生まれ変わって人格も消滅したのに、共に生きることを望んでくれた。

それだけで十分だと思った。

家に近づくと帽子を被った秀が、庭で野菜の収穫をしていた。彩乃が趣味で育てている作物を彼も気に入っていて、今日はオクラを採って梅かつお和えにしたり、オクラ汁にすると張り切っていた。

ガレージに車を入れて梢を抱き上げ、秀のそばへ向かうと彼は笑みを浮かべる。

「おかえり、彩乃」

最近では彩乃を、さん付けで呼ばなくなった。もうすぐ二人称も〝君〟ではなく〝おまえ〟に変わるだろう。その無自覚な変化が嬉しい。心が近づいていると実感できるから。

「ただいま、秀」

だから彩乃も、さん付けで呼ばなくなった。それだけで彼との距離が縮んでいくようだと感じられた。

近づけば彼の額に汗が浮かんでいるのがわかる。拭ってあげたいと強く思い、指先を伸ばして汗をすくい取った。夏の強い日差しを受けて透明な雫がきらめく。

「凄い汗。もう家の中に入ろう」

「そうだな、だいぶ収穫できたし」

秀が振り返った視線の先には、オクラ以外にも夏野菜が山盛りとなったカゴがある。今日はたくさんビタミンが取れそうだ。

「ありがとう。一緒にご飯を作ろうね」

「家事はレナに任せろよ」

相変わらず秀は過保護である。でも妊婦の自分を思いやってくれるとわかっているから、以前ほど怒ったりはしない。

妊婦、との言葉で腕の中の梢を抱き直す。お腹の子は梢と同腹で、その関係性にうだうだと悩んでいたが、心が晴れるとどうでもいいような悩みだった。霧恵の子である梢と、彩乃の子であるお腹の子どもを自分が分け隔てなく育てる。それだけのことだ。

彩乃は晴れやかな笑みを浮かべて、野菜カゴを持った夫の体に寄り添い無言でキスを求める。すぐに察してくれた秀が背を屈めて唇を触れ合わせる。言葉にしなくても意思が通じる彼との関係がとても嬉しくて、このうえない幸福を感じた。

——私はあなたと共にこの世界で生きていく。

すでに何度も誓った決意を再び噛み締め、愛する夫の顔を見上げる。見つめてくる秀は微笑を浮かべて、彩乃と梢を優しい眼差しで見守っていた。

本書は、小社が主催する第3回本のサナギ賞の大賞受賞作
『リインカーネーション』を改題・改稿し出版したものです。

君のことを想う私の、わたしを愛するきみ。

佐木隆臣

発行日　2017年 8月 15日　第1刷

Discover

Illustrator　ふすい
Book Designer　bookwall

Publication　株式会社ディスカヴァー・トゥエンティワン
〒102-0093　東京都千代田区平河町2-16-1
平河町森タワー11F
TEL　03-3237-8321（代表）
FAX　03-3237-8323
http://www.d21.co.jp

Publisher　干場弓子
Editor　林拓馬

Proofreader　株式会社鷗来堂
DTP　アーティザンカンパニー株式会社
Printing　株式会社暁印刷

ISBN978-4-7993-2160-7

第3回 本のサナギ賞 審査員

全国の書店員さんが「世に出したい！」と思う未発売の作品を選び大賞を決定する「本のサナギ賞」。第3回は41名の審査員の投票により、本作（受賞時タイトル『リインカーネーション』）が大賞を受賞しました。

書店審査員

ダイハン書房　高槻店　**岡本歩**　様

TSUTAYA　WAY　ガーデンパーク和歌山店　**岩瀬竜太**　様

ブックデポ書楽　**長谷川雅樹**　様

啓文堂書店　八幡山店　**森田寿**　様

岩瀬書店　ヨークベニマル福島西店　**半澤裕見子**　様

大垣書店　高槻店　井上哲也　様

（有）栄文堂書店　石引秀二　様

みどり書房　イオンタウン店　東野徳明　様

焼津谷島屋　中野道太　様

一清堂　上尾店　円谷美紀　様

明屋書店　富田店　青木亜希子　様

TSUTAYA　稲沢店　森百合名　様

山形大学生協　小白川書籍店　小島憂也　様

未来屋書店　新百合ヶ丘店　福原絵香　様

未来屋書店　イオン茨木店　川上貴史　様

浜書房　サンモール店　小林太一　様

ジュンク堂書店　松山店　井手内七都恵　様

明文堂書店　金沢野々市店　瀬利典子　様

喜久屋書店　西神中央店　森田清香　様

紀伊國屋書店　玉川高島屋店
三省堂書店　営業企画室
紀伊國屋書店　ららぽーと豊洲店
本の学校今井ブックセンター
有隣堂　伊勢佐木町本店
ジュンク堂書店　京都店
ヴィレッジ・ヴァンガード　西武福井店
夢屋書店　アピタ初生店
明屋書店　砥部店
M書店
H書店
P書店
H書店

河井洋平　様
内田剛　様
宮澤紗恵子　様
小谷裕香　様
佐伯敦子　様
村上沙織　様
丸山知子　様
伊東佳子　様
新井智美　様
A　様
M　様
K　様
U　様
匿名希望一名　様

特別審査員

(株)東北新社　第一映像制作事業部　大屋光子　様

(株)角川大映スタジオ　プロダクション事業部　涌田秀幸　様

(株)NHKエンタープライズ　制作本部　西村崇　様

(株)KADOKAWA　ダ・ヴィンチ編集部　関口靖彦　様

サクラス株式会社　代表取締役社長　池上真之　様

(株)ロボット　常務執行役員　安藤親広　様

松竹株式会社　映像本部　奥田誠治　様

(株)ディスカヴァー・トゥエンティワン　取締役社長　干場弓子　様

(順不同。お勤め先は審査当時のものです。)

ご協力誠にありがとうございました。